U0036141

魔豆

炮灰要向上

vol.6

穿越變成富商千金

香草——著

炮灰要向上 vol.6

目錄

第一章・差點溺死的穿越

再次經歷了一個小世界，當堇青回到鏡靈空間時，立即聽到團子用著奶聲奶氣的嗓音歡迎道：「青青，歡迎回來！」

堇青下意識張開了雙臂等候團子的飛撲，然而這一次，團子沒有像往常般撲進她的懷裡。

沒有如預期般抱到毛茸茸的手感，堇青疑惑地往團子發聲的方向看去。

只見團子一步又一步，很風騷地緩步前進，姿態簡直就像個名模似的，搖曳生姿。

可惜它的身材太圓潤、腿又太短，加上身後那九條狂甩的狐狸尾巴洩露了它的興奮心情。團子完全走不出九尾狐的妖異，只有哈士奇般的濃濃二貨感。

團子忍著興奮的情緒，婀娜多姿地走到堇青身前，終於忍不住撲到她懷裡，興奮地詢問：「青青，我剛剛是不是像妲己那麼騷、那麼美？」

堇青：「……」

槽點太多，她一時之間不知道該說什麼才好。

然而團子並不需要堇青的認同，便已自我感覺良好地挺起胸膛，覺得自己絕對是最美艷的九尾狐……或者該說九尾鏡靈？

現在青青的沉默，一定是因爲被我的美色驚艷得說不出話來了！

團子的謎之自信。

堇青沉默了片刻，這才轉移話題：「你這『怒髮衝冠』的耳朵是怎麼一回事？我可不記得狐狸有這麼特別的長毛耳朵，看起來像兩支尖角似的。」

團子笑嘻嘻地道：「這不是狐狸耳朵喔！這是魔王松鼠的耳朵，看起來像不像魔王的角？是不是很帥？配合九尾狐的尾巴，我現在是不是又美又帥？」

又美又帥是什麼鬼!?

話說原來有種松鼠叫魔王松鼠嗎？那耳朵的確很像魔王的犄角……

堇青感到很無言，她覺得這樣子的團子很萌，可是完全和「帥」與「美」二字拉不上關係。

雖然覺得無奈又好笑，然而她願意哄著團子，於是堇青以影后級的演技一臉驚艷地豎起了大拇指：「太帥了！也太美了！」

團子被堇青讚美得又害羞又高興，傻樂地發出嘿嘿嘿的無意義笑聲，看起來更傻了。

堇青邊逗著團子，邊看著點點金色光芒沒入體內。

明明堇青正抱著團子，那些迎面而來的金光卻避過了她懷裡的團子，只沒入了堇青這個由靈魂所凝聚而成的身體。

看著這些金光，堇青心裡突然充滿了違和感。

上一世，堇青幫助戀人識破皇室操控蟲族的陰謀，並將蟲族完全消滅，後來他們還多次帶領人類抵抗宇宙中的新敵人。因此堇青覺得她這次能夠獲得功德金光並不足爲奇。

可是她突然想到一個問題：爲什麼她與戀人能夠分得功德金光，可是身爲她搭檔的團子，卻從來沒有得到過呢？

雖然在那些小世界中，眞正出手的人都是堇青與她的戀人，然而團子卻也在背後幫上不少忙。要是天道是公正的，沒可能會少算團子那一份啊！

堇青記得團子與她說過，進入每一個小世界改變原主的命運後，便能夠盜取一絲天道之力。難道鏡靈為了替她盜取天道之力，因此一直游離在小世界以外，這才不被天道所察覺嗎？

然而堇青又想起團子對金光那諱莫如深的模樣，總覺得當中還有一些她所不知道的，心裡頓時浮想聯翩起來。

另外還有一點讓堇青有些在意。

堇青曾經猜想過，爲什麼戀人每次轉世的身分都位高權重，當時她猜測是因爲戀人每一世都獲得了巨大的功德，令他下輩子總能投身到好人家。

然而經歷了這麼多世與戀人相知相戀，數一數他們已經一起經歷過五個小世界了。也就是說，在上一個世界相遇時，戀人至少已經是四世善人。

作爲一個身具大功德的四世善人，戀人理應有著平安喜樂、順風順水的一生。然而在上一個世界，戀人當上元帥的確是位高權重沒錯，可這些都是他用命掙來的，而且在戰場上還有多次與外星生物戰鬥時瀕危的經驗。

堇青知道屬於她的那部分功德金光都被她的靈魂吸收，作爲鞏固之用。然而戀人呢？沒有平安順遂的待遇，那些金光對他的用處到底是什麼？就只有讓他投身到權貴家庭，然後用命來爭取升遷嗎？

堇青總覺得有些事情被她忽略了，只是仔細想來卻沒有頭緒。團子對功德金光異常不喜，她又不能與對方討論，只得先把這些疑惑藏在心裡。

堇青狠狠揉了揉團子身上的茸毛，特別是那九條手感超好的毛茸茸狐狸尾巴。難怪別人都說養寵物能夠紓壓，堇青覺得每次心裡有事情時，只要揉揉團子的毛，都會覺得豁然開朗。

「團子，把我投放到下一個世界吧！」看著己身已與常人無異、凝聚得彷彿變成了實體的靈魂，堇青有預感，自己快要盜取到足夠的天道之力，穿越的旅程將要結束了。

就是不知道她復活回到地球後，能否再遇上戀人呢？

懷著對戀人的思念與淡淡的不安，堇青的靈魂穿越到下一個小世界裡。

這一次，堇青穿越後身邊沒有任何人，只是她的狀況絕對稱不上好。

她正在溺水！

這副身體的原主似乎不懂得游泳，在她穿越前也不知道喝了多少水，堇青顧不得吸收原主的記憶了，決定此刻保命最重要。

也幸好堇青泳術不錯，即使面臨這種情況，依然臨危不亂，最終有驚無險地返回岸上。

胃裡滿滿都是湖水，堇青痛苦地把水都吐出來後，這才有空打量四周環境。發現現在是晚上，她正身處人工湖畔，這裡除了她以外，空無一人。

難道原主失足掉入湖裡？

堇青渾身濕透，夜風一吹便冷得哆嗦。然而堇青沒有立即離開，而是先吸收了原主的記憶。

過了片刻，堇青便從那些記憶中，得知自己爲什麼會落得這番境況。

原主她不是失足落湖，而是被人推落湖裡的！

而且這還不是一場意外，對方甚至知道原主不會游泳，這樣做已算是謀殺了。

把原主推落湖的人，正是原主的妹妹，堇菲菲！

原主出身於富有家庭，她的母親是許家千金，父親則是個鄉下出身的窮小子。父母二人在大學相識，很快便墜入愛河。雖然二人家世相差懸殊，然而堇父堇超然是個很傑出的年輕人，許家也不是那種著重門戶之見的家庭，因此二人很順利地在畢業後結婚了。

堇夫人是許家的獨生女，是許老爺子喪妻後獨力養大的女兒，也就是說，在許老爺子死後，許氏集團便會由她繼承。

只是堇夫人是名畫家，她的興趣並不在此。反倒是堇超然畢業後便到許氏工作，能力卓越，很受許老爺子的賞識。

許老爺子知道女兒在商業上毫無天賦，便對堇超然傾囊相授，費盡心思爲他鋪路。當許老爺子病逝後，許氏集團名義上由堇夫人繼承，然而真正掌權的人，卻是堇超然。

堇超然這個鳳凰男狼子野心，他早就把許氏集團視爲囊中之物，更認爲集團有現在的成績少不了他的努力。因此許老爺子一走，堇超然便撕開了好丈夫的假面，展露出他的眞面目。

堇超然先是軟禁了剛生產的堇夫人，對外宣稱妻子產後憂鬱，須要靜養。又把他一直藏在外面的眞愛姜顏帶回家，當時姜顏已懷孕，大腹便便地將要臨盆。細數下來，姜顏這一胎就是在堇夫人剛懷孕不久後懷上的。

堇夫人只覺得她美好的婚姻生活被無情地粉碎，接二連三的打擊快要讓她崩潰，更何況，堇夫人正値剛生完孩子的脆弱時刻。結果她還眞的如同堇超然所說般，患上了產後憂鬱。

很快地，姜顏也生下了一個女兒，小女兒堇菲菲與原主只差不到一個月，於是堇超然便心思泛活起來。

心愛的小女兒才是他的心肝寶貝，是堇超然與眞愛的愛情結晶，他又怎忍心讓堇菲菲頂著私生女的身分過活呢？於是堇超然便去找妻子，提出讓妻子把堇菲菲記在她的名下，對外就說她生了對雙胞胎女兒。

堇超然想得很美，許氏雖然換了主人，可是公司的高層對許家有著深厚情誼，而且他還須要利用許家在商場上的人脈，因此不會與妻子離婚，留著她當堇夫人，對堇超然來說更加有利，還可以利用她來給小女兒一個好的出身。

至於姜顏身爲堇超然的眞愛，被他養在主宅，堇超然給予她正妻的權力與尊重。雖然姜顏沒有法律上的名分，可卻與當家主母沒有任何分別，堇超然也可以享盡齊人之福。

誰知道堇超然這要求成爲壓垮堇夫人的最後一根稻草，她崩潰了，沒多久便割腕自殺。

但也許是母愛天性吧，雖然當時堇夫人的精神已經有點不正常，可她還是記掛著自己的女兒，在死前找機會向父親的舊友求助了。

董夫人的做法把董家的遮羞布剝去，董超然那些齷齪的心思頓時廣爲人知。

雖然董超然在妻子死後扶正了姜顏，可是誰都知道姜顏是小三上位，她成了整個上流社會的笑話。同樣地，誰也知道，只比董青晚不足一個月出世的董菲菲，是姜顏所生的私生女。

董超然反應很快，當他知道妻子把董家的齷齪事洩露出去後，立即高調懺悔，宣稱自己雖然犯了很多男人都會犯的過錯，但其實還是很愛她與大女兒董青的。至於他軟禁對方，卻是子虛烏有的事情，只是產後憂鬱的妻子在胡思亂想而已。

無論那些許家舊友信與不信，他們拿董超然卻也沒奈何。只因他們都顧忌著原主終究是董家的大小姐，許氏集團將來會由原主繼承，要是他們出手妨礙許氏的生意，損害的還是原主的利益。

再加上，外人很難插手董家的家務事，在董超然再三保證會善待原主後，那些許家舊友警告了他一番便作罷。

董超然本就不喜歡原主，結果還因爲妻子而顏面盡失。對方已死，他便把怒氣遷怒在原主身上，只是他不敢觸怒那些許老爺子的舊友，同時又顧忌著堇家的名聲，因此與姜顏從沒有在明面上苛待她。

即使如此，要欺壓、甚至是毀掉一個孩子，方法多得是。

在家裡，原主從沒感受過家的溫暖。雖然原主從不缺各種資源，可是親人全都對她很冷淡，就像只有堇菲菲才是父母的親女兒，原主卻是個局外人。

原主不知道姜顏不是她的親生母親，亦不知道堇家曾有過的齷齪事。她努力想要獲得「父母」的認可，然而無論她做得出色、又或者故意叛逆使壞，都沒能換到對方的關注。

漸漸地，原主變得怯懦，與別人說話時總是低垂著頭，眼神左右閃避，讓人不喜。再加上姜顏從小把原主往醜裡打扮，明明原主長相秀麗，可是卻被不適合自己的髮型與衣著糟蹋了好容貌。

原主總是被人取笑長得醜，久而久之她也覺得自己真的長得醜，愈發不敢花心思打扮自己，於是更陷入了惡性循環。

直至原主上了高中，堇家當年的事情也漸漸被人遺忘，姜顏與堇菲菲母女倆便開始作妖了。

姜顏經常帶著堇菲菲出席各種上流社會的聚會，正所謂人走茶涼，那些與許老爺子交好的人都上了年紀，現在已逐漸退居幕後。何況商場如戰場，商場上改朝換代本就快，很多新興企業都不知道堇家當年的破事，即使知道了，因爲利益而選擇與他們交好的人也不少，姜顏與堇菲菲在這些聚會上可謂如魚得水。

姜顏是個有野心又聰明的女人，出席這些宴會是她試探上流社會的第一步。發現當年的事情已經過去之後，她便更放心地爲女兒謀取福利了。

於是「堇青是堇家的私生女、是堇父與外面女人所生的孩子」這種說法，開始暗暗在堇青與堇菲菲就讀的學校中流傳起來。

這些都是沒有放到明面上，暗地裡流傳的謠言，原主很快便察覺到同學看她的眼神都怪怪的，那種把她視作奇異動物似的目光，充滿惡意。

這些孩子未必是眞的對私生子女多憎恨，很多時候他們只是想要站在道德的制高點，獲得霸凌別人的藉口罷了。

何況許多的校園霸凌都是說不出理由的，未必是受害者做出什麼天怒人怨的事情，只是那些學生需要一個宣洩負面情緒的渠道，或者經由欺壓弱者來獲得當強者的快感而已。

只要有少部分人帶頭去霸凌某個同學，很快地，其他人便會有樣學樣，受害者不知不覺間，就成爲了班上的全民公敵。

忍耐與退讓從來不會讓霸凌者罷手，只會增長他們的氣焰。底線只要被踐踏了一次，往往就只能一退再退。

那些人從一開始對原主指指點點，到後來惡言惡語，甚至丟她課本、弄破她的書包……

原主本就怯懦，她完全不知道面對霸凌時該怎麼辦，也不是沒有把學校的情況告訴父母，然而堇超然卻只是冷淡地叫她從自身找原因。爲什麼這麼多人沒有被欺侮，偏偏卻是她被同學霸凌？這一定是她做了不好的事情。

至於姜顏，則告訴原主清者自清，那些私生女的謠言不理會就好。謠言愈是想要澄清，別人便傳得愈是起勁。結果原主被她那「謠言止於智者」的言論洗腦，錯過了澄清的時機，在學校裡被坐實了私生女的名號。

當然，也有些人知道堇青是被誣衊的，反而堇菲菲才是那個私生女。可是那又怎樣？他們欺負堇青，其實也只是因爲她好欺負而已。何況當事人都不出面澄清了，又怎能期待那些知道眞相的人會爲她強出頭呢？

謠言是堇菲菲在學校散布的，她早就恨死了原主。在堇菲菲心中，正因爲有原主與堇夫人的存在，才害她成了讓人不齒的私生女；而且在家裡明明誰都不喜歡原主，原主卻還厚著臉皮硬是留在堇家，堇菲菲覺得原主實在無比礙眼。

看到原主被誤會、被欺負，堇菲菲心裡覺得快意無比，更起勁地到處散布原主不好的謠言。

原主在學校的日子變得愈來愈艱難，直至某次她被同學捉弄時，終於有人願意爲她挺身而出了。

那人叫文君華，當時他剛轉學來到這所高中不久，文質彬彬、長相英俊的他，很快便成了學校的風雲人物。當年文家與許家有著不錯的交情，見原主被欺負，文君華自然不能視而不見，便出手相助了。

文君華的出現，對原主來說就像是黑暗中唯一的光亮。在原主眼中，文君華英俊、正義、溫柔，簡直無一不好。理所當然地，原主很快便愛上了他。

文君華得知原主對自己的愛慕，他覺得原主彷彿膽怯小白兔的模樣很可愛，不知不覺對原主由憐生愛。當原主鼓起勇氣抬頭向他表白，文君華更驚覺這個老是陰沉地垂著頭的女孩原來長得滿可愛的，便答應了原主的告白。

堇菲菲很快便知道原主與文君華在一起的事情，她又怎會讓原主好過？於是她找了個機會認識文君華，不得不說在迷惑男人這方面，堇菲菲盡得她母親的眞傳，她只憑幾次接觸，便摸清楚了對方的性格。

文君華是個好人，而且還是個會爲了幫助別人而委屈身邊人的好人。他對所有人都有數不盡的同情心，亦很享受幫助別人後被感恩的感覺。

文君華知道堇家的事情，他也不是沒想過為原主闢謠。可惜原主已被養成膽怯懦弱的性格，遇事習慣默默忍受不反抗。再加上她被姜顏洗腦，天真地認為謠言只要冷處理就好，便阻止了文君華闢謠的提議。

文君華自認是個君子，從不在背後談論別人是非。他提出為女友闢謠，卻沒有打算牽扯到堇菲菲身上。因此言語間並沒有提及堇菲菲才是謠言中的那個私生女，原主就這樣錯過了了解眞相的機會。

雖然文君華不贊成原主「清者自清」的想法，不過也尊重她的決定。亦正因為原主對謠言這種默許的態度，讓他並沒有因此遷怒堇菲菲。除了介意她「私生女」的身分外，倒沒有其他討厭之處。

於是堇菲菲便開始在他面前賣慘，說自己身為私生女有多少難處。還捏造了很多子虛烏有的事情，哭訴原主總是看不起她。

因為文家與許家交好，文君華對堇菲菲的印象一開始不是很好，只是聽了對方的哭訴後，文君華這才醒悟到自己一直帶著偏見看待她。

錯的是身爲小三的姜顏，堇菲菲又有什麼錯呢？孩子是無辜的，文君華內疚於自己對堇菲菲的遷怒行爲，便對她特別包容。

博得文君華的好感與內疚心後，堇菲菲便開始折騰了。一開始，她專挑一些如情人節、原主生日等特別的日子，編造了各種事情打電話尋求文君華的幫助。果然，相較於與女朋友慶祝這種小事，文君華覺得堇菲菲的求助更加急切，於是一次次地放原主鴿子。

在對文君華裝可憐的同時，堇菲菲也多次向原主惡意滿滿地言語打擊，更表明要把她的男友搶到手。原主雖然願意相信男友，只是對方相較於她這個女友，卻對堇菲菲更好，往往堇菲菲一通電話，便讓他丟下自己，並趕了過去，這讓原主不得不感到徬徨又不安。

原主也不是沒有把自己的想法告訴文君華，只是對方卻覺得原主醋勁太大，疑心病太重。又認爲他們什麼時候約會都可以，可堇菲菲眞的有事情需要他幫忙，那麼原主應該體諒才對。

文君華甚至覺得，原主對堇菲菲這個妹妹一點兒也不著緊，難道因爲堇菲菲是私生女，所以原主就這麼討厭她嗎？那是她血脈相連的親妹妹，原主又怎能這樣冷血呢？

於是文君華不僅沒有收斂他對堇菲菲的關心，還因爲覺得對方被原主冷落而對她更加關懷，經常教訓原主要友愛姊妹，老是說著讓原主多關心照顧妹妹的話。

在堇菲菲有意爲之之下，文君華經常冷落原主，甚至與她離了心。在他的心目中，堇菲菲是被私生女身分拖累的小可憐，原主便是連親妹妹也容不下的冷血之人。

文君華不知不覺間喜歡上了堇菲菲，可同時他對原主也是眞心喜愛的，倒是沒有與原主分手的想法。只是經常在原主面前說堇菲菲的好話，努力想要讓原主走回友愛姊妹的「正途」。

堇菲菲想要的當然不只如此，她故意接近文君華，就是要把原主擁有的東西都奪走。因此她的下一步行動，便是向文君華表白。

文君華雖然看不慣原主的冷血做派，心裡也憐愛著堇菲菲這個因爲私生女身分而被原主傷害的可憐女孩，但還是婉轉地拒絕了她的表白。

堇菲菲對此很意外，她忍受不了自己比不過原主，於是想出一個針對文君華那氾濫同情心的好方法——爲情自殺！

當然，堇菲菲沒有眞的自殺，她可不會蠢得爲了對付原主而傷害自己。反正堇菲菲又沒打算與文君華長久在一起，只要能夠暫時騙住他，把他從原主手中奪走就好，沒必要眞的在自己身上劃一個傷口。

果然，文君華得知堇菲菲竟然因爲自己的拒絕而自殺，立即大驚失色地去醫院探望她。最終文君華被堇菲菲的眞情打動，又覺得相較於原主，堇菲菲顯然更加需要自己。

因此文君華雖然心裡最喜歡的還是原主，可是爲了拯救一條人命，最後還是選擇了犧牲自己與原主的感情，與堇菲菲在一起。

第二章・求助文家

堇青把原主的回憶看到這裡，忍不住嘲諷地一笑：「呵！文君華這還真是『偉大』的情操呀！」

雖然堇青口裡說著偉大，可誰也能聽得出這誇獎絕不是讚賞，她明顯很看不起對方。

這男人雖然算不上壞人，但對與他交往的女孩子來說，絕對是個渣男！

文君華可以對別人千好萬好，卻反而忽略、委屈自己身邊的人，堇青實在無法明白這種人到底在想什麼。

對堇青來說，人都是有親疏之分，她會最先關注、首先保護自己在乎的人。至於其他有需要的人，則只會在自己有餘力時才去幫助。

犧牲自己、也犧牲自己所愛的人去成全別人？不好意思，我沒有這麼偉大的情操。

堇青被文君華對待感情的兒戲做法噁心到了，覺得原主還真倒楣，本就性格怯懦了，第一次真心愛上的還是這麼一個博愛男，這對她來說無疑是雪上加霜。

在堇青看來，交往至少要高高興興的，不然交往後比單身一人時還要委屈，那爲什麼要自討苦吃？

不過想到原主的情況，她與文君華在一起除了因爲喜歡，還把對方視爲心靈上的支柱，因此這才寧可自己委屈也不願放棄吧？

可惜文君華這個原主心裡的救贖，卻爲了拯救一個別有用心的人而放棄了她。

堇青再次靜下心來吸收原主的記憶，這才發現今晚她之所以剛穿越便落得這麼狼狽的狀況，導火線正是文君華。

原主與文君華分手後感到痛苦萬分，她知道堇菲菲絕不是個會因爲與她爭男人而自殺的人，猜到對方之所以自編自導這場自殺好戲，只是爲了把文君華從她手中搶過來而已。

於是原主便約了堇菲菲晚飯後到社區的人工湖邊談話，堇菲菲想著這正好是個狠狠嘲諷原主的機會，便赴約了。

原主約堇菲菲出來，倒不是爲了搶回文君華。這個怯懦又自卑的女孩知道自己絕對爭不過對方，她只是告訴堇菲菲，自己不會再與文君華在一起，希望堇菲菲喜歡文君華的話，便與他好好過日子，不喜歡的話，就高抬貴手地放過他吧！

堇菲菲當然不會如原主所願，她飛揚跋扈地嘲弄原主，言語中的惡毒完全不像是從小受著頂尖教育的富家小姐。

堇菲菲更揚言她與文君華原本無怨無仇，可如果傷害對方能夠讓原主痛苦，那麼她一定不會輕易罷手。

原主急了，她雖然已經習慣忍氣吞聲，可是當事情牽連到她所重視的人時，她卻生出了反抗的勇氣。面對堇菲菲絕對不會放過文君華，揚言要玩弄他感情的言論，原主不知道哪來的勇氣，竟然向堇菲菲怒目相斥！

堇菲菲被原主罵得懵了，她想不到在她眼中猶如螻蟻般的原主竟然敢罵她，愣住以後便是沖天的怒氣，堇菲菲想也不想便用力把原主推進湖裡！

堇菲菲是知道原主不會游泳的，看著原主在湖中拚命掙扎的模樣，她不僅不驚惶，心裡還生出了報復的快意，覺得非常解氣。

直至原主完全沉落湖底再也沒有聲息，堇菲菲這才反應過來，慌慌張張地逃離了現場。

於是便有了堇青穿越過來時，正在溺水的一幕。

「哈啾！」夜風一吹，渾身濕透的堇青頓時打了個噴嚏。

團子十分擔心：「青青，這麼下去妳會感冒的，快些回家換衣服吧！」

堇青抿了抿嘴道：「不，我不回堇家。」

說罷，堇青在腦海裡過濾了原主記憶中那些許老爺子的舊友。

那些人雖因爲各種顧忌沒有干涉原主的生活，可其中某些人還是接觸了原主，並親切地留下了聯絡方式，讓原主有什麼事情的話可以向他們求助。

原主並不知道這些人是她外公的朋友，然而上流社會圈子不大，這些人又都是有交情家族的長輩，因此並無懷疑，乖乖把對方的電話號碼儲存了下來。

堇青在湖邊撿回了掉落在地上的手機，很快便決定了求助的人選。

堇青要找的是文家，說起來文君華還是文家的遠方親戚，然而堇青要找的卻是文家主家的老爺子。

堇青這次前往文家是瞞著家裡的，自然不能坐堇家的車。幸好堇青有文老爺子的私人電話，不然以她這渾身濕透的可疑模樣，只怕計程車也不會載她。

很快地，文家的司機便來了，當車門打開時，堇青驚訝地看到一名文質彬彬的俊美青年坐在後座。

青年深邃的輪廓，以及寶藍色的眼珠，顯示了他是個混血兒。堇青認識這人，他是文老爺子的孫子——文森。

文森在國外留學多年，回國後卻沒有如同他的父兄般從政，而是選擇從商。文家從未涉足商界，一開始別人都不看好他，對他多有輕視。然而很快那些人便知道他們錯了，文森有著令人驚歎又忌憚的精準目光與決斷力，迅速在商界嶄露鋒芒，還打下了屬於他的商業王國。

堇青很意外文家竟然讓文森親自前來接人，邊回憶著這個青年的資料，邊怯怯地與他打了個招呼：「不好意思，我把車子弄濕了。」

文森微笑著說沒關係，也許是受到身爲貴族母親的影響，文森舉止間總是優雅而有風度，帶著典雅與神祕的貴族氣息。

文君華是文森的遠房堂兄弟，兩人的長相有些相似，平常文君華也稱得上是個溫文爾雅的美男子，然而現在堇青看著文森，便知道什麼是「有比較有傷害」。相較於文森的矜貴風華，文君華就像個二流的山寨貨。

堇青在心裡暗暗比較著文君華與文森的同時，文森也在打量她。眼前的少女長相秀麗，眼神怯怯的像頭初生的幼鹿，讓人看著無端感到心軟。一頭長髮全都濕透，幾縷長髮軟軟地貼在臉頰，令她的臉看起來更小了。

堇青給文森的第一印象不錯，這孩子一看便是個乖巧的鄰家妹妹。文森覺得要是這孩子眞的如她表現出來的那麼乖巧無害，念及自家爺爺與許家的交情，他也是願意出手拉她一把的。

雖然文森看起來風度翩翩、好親近，可堇青沒有利用這個機會與他套近乎。文森很滿意她的識趣，對堇青的印象更好了。

很快地，堇青便來到了文家大宅，此時文老爺子已經在客廳等候著她。

文森見狀，露出了不贊同的眼神。老爺子一向早眠，可他爲了等堇青而打亂作息，讓文森有些擔心。

只是文森也知道，堇青的外祖父與自家祖父是生死之交，許老爺子死前還特意懇求文家幫忙照顧他的女兒。這一次，堇青這麼晚的時間打電話求助，顯然發生了大事，祖父不親眼看看她，必定不會放心。

文老爺子被堇青渾身濕透的狼狽模樣嚇了一跳，眼前的少女像隻被遺棄的小動物般可憐兮兮，他頓時充滿了愛憐：「可憐的孩子，到底堇家是怎樣照顧妳的，怎麼弄成這樣？」

堇青被老人的關懷打動，終於忍不住嘩的一聲哭了起來，抽抽噎噎地說著：「妹妹要殺我……她把我推下湖。我不敢、不敢回家……」

文老爺子聞言皺起了眉，他想破口大罵，卻又顧忌著堇青的情緒，只得按捺著怒氣安撫她道：「眞是作孽……小青妳不要怕，文爺爺不會讓人欺侮妳的。」

說罷，看見少女冷得發抖，知道現在並不是談話的時候，文老爺子便讓下人先帶堇青去梳洗一番。

看到堇青跟隨下人離開後，文老爺子這才收起了安撫的微笑，生氣地狠罵道：「那個私生女……她怎麼敢！堇超然也不管管的嗎？都是他的親女兒，怎麼把私生女寵得都敢對大女兒下手了？果然有了後母便有後爹！」

文森怕他氣出好歹來，上前扶著老人，安慰道：「爺爺你別生氣了，氣大傷身。既然我們知道了這事情，那斷不會讓堇青再受委屈。現在我們先要做的，是把那個私生女謀害堇青的證據拿到手。」

文老爺子之前被氣狠了，現在經文森一提，他也想到了堇家那邊毀滅證據的可能性：「對對！爺爺我都被氣糊塗了，小青的監護權還在堇超然手上，我們要護著她，手上就必須要有證據。快快！去找找那區有沒有監視器，別讓堇家把證據毀掉了！」

文森點了點頭，讓老爺子放心。

此時堇青正舒舒服服地泡著熱水，感覺終於活回來了。

文家主宅的浴室很大，泡澡用的不是浴缸，而是一個足以讓人在裡面游泳的大浴池！

堇青想到文森的父母與兄長因爲在不同的地方當官，因此都沒有住在主宅裡，下人又沒資格使用這間浴室，因此這裡就只有文老爺子與文森會用，可說是相當奢侈了。

「青青，文森讓人去翻查社區的監視器了。」一直注意著文家爺孫動向的團子，獲得想要的情報後立即向堇青報告。

堇青滿意地點了點頭：「原本我還打算找個機會去提醒他們，想不到文森這麼敏銳，那我就省事了。」

團子詢問：「青青妳接下來打算怎麼辦？待在文家嗎？」

泡得身體暖和起來後，堇青便離開了浴池，邊抹著濕漉漉的頭髮，邊道：「現在我還差幾個月便成年，以這個小世界的法律，成年以前很多事情都不好辦。堇超然是我的監護人，他不讓我離開堇家的話，甚至可以報警帶我回家。因此這一次一定要抓住堇菲菲謀殺我的事情做文章，不然即使文家出手也不佔理。」

雖然堇家只是富商，相較於文家這個數代爲官的權貴家族完全不夠看，可是堇青並不希望文家爲了幫助她而名聲受損。願意出手相助，是對方仁義，卻不能成爲她不管不顧地利用他們的原因。

堇青知道文家爺孫還在等待，因此並沒有在浴室待太久，很快便返回了客廳。文森的下屬辦事能力很好，在堇青泡澡的時間裡已經拿到監視器畫面，而且他還收買了社區保全，要是有其他人詢問，保全都會對他說監視器已經損壞了。

堇青不由得想起在原主記憶中，她落湖後，也是有人收買了這個保全。然而上一世收買他的卻不是暫不想打草驚蛇的文家，而是得知堇菲菲把堇青推落湖後，幫著堇菲菲湮滅證據的堇超然！

上一世，原主被人從湖裡救出時雖然大難不死，卻因爲缺氧太久而成了植物人。堇超然與姜顏也知道當晚堇菲菲與堇青是一起離開家裡的，堇菲菲看事情瞞不住，只得承認是她把堇青推落湖。

堇超然本就偏愛堇菲菲，不喜歡堇青這個原配所生的女兒；再加上當年堇超然把姜顏接到堇家後，堇青的母親便防著他，還偷偷立了遺囑，死後把許氏集團交到堇青手上。只是因爲堇青未成年，便依照這個世界的法律由堇青的監護人、也就是堇超然，代爲管理。

這讓早就把集團視爲囊中之物的堇超然，完全無法喜歡堇青這個女兒。

只是堇青對他來說還有用處，堇超然這才養著她。可他的計畫卻被堇菲菲完全打亂了，讓堇青這枚還有利用價值的棋子早早失去用處。

然而無法否認的是，聽到堇青出事時，雖然堇超然生氣於堇菲菲的膽大妄爲，可他也確實感到鬆了一口氣，罵了二女兒一頓後還是出手爲她善後。

原主只是個高中生，素來與人無仇無怨，因此警察並沒有從仇殺方向調查。最後原主被判定爲意外失足落湖，事情便不了了之。

無論是徹底獲得了許氏的堇超然，還是把礙眼的繼女/長姊解決掉的姜顏與堇菲菲，都因爲這件意外而欣喜，誰也沒有爲堇青的遭遇感到難過。

原主在那段成爲植物人的時間裡，只能動也不動地躺在醫院，堇家三人誤以爲原主沒有意識，竟不約而同地在原主面前耀武揚威起來。反正原主一個不會動、不會說話的植物人，也不會洩露他們的祕密，因此這些人都在原主面前把自身的陰暗心思盡數吐露了出來。

原主這才知道，原來姜顏根本不是她的母親，以及集團是她生母留給她的遺產。可惜已經太遲了，原主在醫院苟延殘喘了一星期便撒手人寰，結束了她年輕的生命。

雖然這樣想很對不起當樹洞吸收了一星期負能量的原主，可是堇青很慶幸原主在死前得知了眞相。不然若她至死都被蒙在鼓裡，只怕堇青穿越過來會被原主的記憶誤導。

因爲有了原主的記憶，堇青對於堇超然完全不寄以期望。她明白即使父親知道是堇菲菲把她推下湖的，也只會湮滅證據，並且讓她忍氣吞聲而已。

堇青才不願意吃這個虧呢！何況她在這小世界快要成年了，成年後便能夠繼承集團，到時候還不知道堇超然會出什麼蛾子，繼續留在堇家實在太被動了。這也是堇青出事後沒有回家，而是在堇家還未反應過來時就到文家求助的原因。

證據到手，文森詢問堇青：「妳有什麼想法？」

雖然堇青很想說立即報警，不過爲了維持人設，她不好表現得太絕情。何況她也想藉此機會讓堇超然的偏心與卑鄙展現在人前，好讓她有藉口與堇家斷絕關係。免得將來她與堇超然對上時，有人站在道德高點指責她忤逆不孝。

堇青年紀輕輕，雖然名下有許氏集團，可因爲未成年而無法繼承，看起來好像與堇超然完全沒有可比之處，然而她其實還有一個優勢，便是許家留給她的人脈。

那是堇超然寧願讓她留在眼前礙眼，也要把她留在家裡、給出豐厚資源，把她養大的原因。

「許氏」在原主的外祖父死前明明已經快要成爲商業界的龍頭大佬，可爲什麼經由堇超然掌權這麼多年在商界的地位卻不升反降，是堇超然能力不足嗎？

堇超然是個人才這點毋須置疑，不然當年原主的外祖父也不會承認他的能力，把他放在身邊當繼承人悉心栽培了。

許氏這些年之所以每況愈下，是因爲與許家交好的那些權貴，看不起堇超然的爲人，不想與他有任何合作關係！

要不是原主還在堇家，說不定許氏已經被那些人打壓得沒了。

而堇青，正掌握著這些堇超然羨慕不已，卻又求而不得的人脈！

雖說人走茶涼，可有些深厚的情誼並不是說沒便沒的。許老爺子不少舊友仍活著呢！而且有些更是被他死前叮囑過要好好照顧他女兒，比如文家的文老爺子，便是其中之一；愛屋及烏，自是要照顧堇青的。

堇青一天留在堇家，那些人都不會怎樣地去對付堇超然，可如果被他們知道堇超然已經與堇青撕破臉皮，而且那個私生女還想要堇青的命……呵呵！

懷著這種想法，堇青便開始挖坑來坑爹了。她露出一副不忍狀告親人的神情，猶豫著說道：「先不要報警，我想看看家裡會怎樣處理。如果、如果妹妹向我道歉的話，那就算了吧……」

文老爺子恨鐵不成鋼地道：「妳這孩子怎麼就如此容易心軟了呢？這次妳那個妹妹都要把妳弄死了，妳還打算原諒她嗎？」

堇青小聲哭泣道：「可是、可是我把妹妹告上法庭的話，爸爸一定會生氣的。如果妹妹向我道歉認錯的話，那就算了吧！」

文老爺子也明白堇青難爲，都不知道怎樣勸她才好了。這時文森再詢問：「如果妳的妹妹不願意認錯，甚至妳的父親還包庇她呢？」

堇青聞言瞪大雙目，此刻的她就像隻受傷的小動物，明明想躲起來獨自舔舐傷口，偏偏卻有人把她從安全的角落裡揪出來，硬是把她狼狽不堪的模樣暴露在陽光下。

文老爺子看得不忍，可他也知道孫子的做法是對的，逃避無法解決問題。堇青現在已經被危及性命，如果堇超然這樣還是偏幫堇菲菲，那麼堇青便應該好好考慮這個家還值不值得回去了。

趁著現在他們這些老頭子還健在，若堇青與堇超然鬧翻，至少他們還能夠爲她撐腰。不然等他們這些許老爺子的舊友全都走後，以堇青軟綿的性子，還不被那一家子人生吞活剝？

堇青考慮了很久，這才回答道：「如果爸媽連這點公道也不給我，那麼……我就當作沒有他們這些親人了。我給彼此一個晚上的時間，要是今晚他們沒有主動找我，妹妹也沒有向我道歉的話，那明天我便報警吧！」

文家爺孫聞言鬆了口氣，心想幸好她也不是太愚孝，還知道這種不在乎自己的親人該割捨時還是要割捨。

「堇超然至少還是妳親爸，至於妳的繼母……妳就別期待了，她肯定是偏心自己親生女兒的。」聽到堇青喚姜顏那個小三上位的女人作「媽」，文老爺子心裡很不舒服。堇青這樣做，置她的親生母親於何地？

堇青露出驚呆的表情：「什麼繼母？她不是我的媽媽嗎？」

文老爺子與文森面面相覷，隨即很快便恍然大悟，文老爺子頓時怒不可遏：

「他們竟然一直瞞著妳！還騙妳姜顏那個女人是妳的母親？她也配!?」

堇青無法置信地低呼：「到底是怎麼一回事？他們在騙我什麼？」

少女掩臉哭泣的模樣多麼無助、多麼地脆弱又可憐，任誰看到也會心生憐憫。

全程目睹堇青表演的團子：「……」

文老爺子當然不會任由堇青認賊作母，他把當年的恩怨盡數告知了堇青。堇青得知真相後大受打擊，整個人顯得魂不守舍。

文森見狀嘆了口氣，道：「妳今天累了，先好好休息，別擔心，我們會幫妳的。」

堇青愣愣地點了點頭，在兩人擔憂的目光中，尾隨領路的下人前往客房。

文老爺子與文森都覺得今天發生了這麼多事，堇青這麼一個感情細膩的女孩，在受到接連打擊後一定很難過，說不定會躲在被窩裡嚶嚶嚶地哭泣一番。

然而堇青卻是心情好得很，想到明天能夠好好坑堇超然一番，事後便能夠名正言順地與對方對著幹，簡直作夢都會笑出來。

要是讓堇青留在堇家與那些人虛與委蛇，堇青才委屈得要哭呢！

一穿越來便有了藉口離開堇家，堇青心情非常愉悅。不過憑著影后的專業素養，第二天一早，她還是很好地扮演著一個被家裡傷透了心的可憐少女，賺足了文家爺孫的同情心。

整整過了一天，堇家完全沒有人嘗試聯絡過堇青，她的手機裡沒有任何未接來電。

堇青表現出一副對堇家完全心灰意冷的模樣，道：「我決定要報警。」

第三章・報警

相較於堇青的好心情，堇菲菲卻是整夜失眠。

堇菲菲與堇青晚飯後一起離家，然而卻只有堇菲菲一人回來，姜顏立即便感到不對勁。

先不論堇青那人膽小怯懦，根本做不出夜出不歸的事情。姜顏很了解自己的女兒，堇菲菲雖然力裝鎮定，可是她仍察覺出對方藏在冷靜表象下的慌亂。

姜顏頓時猜測到是堇青出事了。

她立即質問堇菲菲，堇菲菲眼看事情瞞不住，只得把事情和盤托出。想不到兩人只是出去一會，堇菲菲便弄出人命，姜顏都快要被這個任性的女兒氣死了。

姜顏不在乎堇青的生死，甚至還經常想著什麼時候把堇青踹出堇家。只是現在堇青還有用處，這些她與堇超然早有共識，堇菲菲的做法完全打亂了他們的計畫！

姜顏很聰明，也足夠了解堇超然。她知道主動向堇超然坦白，遠比事後被對方查出真相來得好。

而且社區有監視器，有些事情還需要堇超然幫忙出手善後。

姜顏看著獨自回來的堇菲菲頭髮一絲也沒有亂的模樣，突然拉著她出花園把泥土抹到她身上，又弄亂她的衣服與髮型，並讓她用這副狼狽的模樣先下手爲強地去找堇超然哭訴。

於是堇菲菲便一身狼狽地哭泣著闖進堇超然的書房，告訴他堇青想要搶她的男朋友，她氣憤之下把堇青推落湖裡。慌亂之下跑回家時，還不小心摔得渾身污泥。

如果不是怕堇超然會翻看監視器，堇菲菲簡直想說這身的狼狽是被堇青推倒所致。而她只是個被堇青攻擊、自衛之下這才把對方推落湖裡的可憐人。

不過堇菲菲也不用怎樣費心誣衊堇青，反正堇超然的心早就偏到天邊去。在他的心裡，他的孩子就只有堇菲菲一人。因此堇超然雖然生氣堇菲菲的輕率與任性，可在罵了她一頓後，還是去替她善後了。

雖然堇菲菲做出的事情涉及人命，然而堇超然卻不覺得這是什麼大事。

他知道堇青剛與那個叫文君華的男生分手，一個受到情傷的女孩，做出任何過激的舉動一點兒也不奇怪，不是嗎？

比如鬧脾氣深夜不歸，比如跳湖自殺……

只要把社區的監視器處理好，到時候死無對證，他們只要爲堇菲菲作出不在場證明，想來警察也不會有所懷疑。事情既沒有嫌疑者，又有了合理的解釋，堇青的死，便只會以意外或自殺結案。

堇超然把事情想得很完美，而老天爺似乎也站在他們這邊。原本堇超然還打算使些手段銷毀監視器影像，誰知道卻得知監視器這天剛巧壞了。

現在他們只要等著有人發現堇青的屍體，然後爲堇菲菲作不在場證明就好。

堇超然與姜顏都沒有把堇青的死放在心上，然而堇菲菲終究年輕，心還沒有父母那麼黑，手上沾染了人命，讓她徹夜難眠，整晚都被噩夢所折磨。

她不是夢到自己把堇青推落湖的情境，便是夢到堇青變成水鬼從湖中爬出來找她索命。

第二天，堇菲菲頂著一雙熊貓眼起床，要不是姜顏堅持她要保持以往的生活作息去上學，以免突然請假引起別人懷疑，堇菲菲都想留在家休息了。

堇青出事的地點是社區的人工湖，那裡人來人往，堇家本以為堇青的屍體很快便會被發現，然而出乎堇超然等人預料，整晚他們卻沒有收到警方的電話。

心裡邊奇怪著堇青的屍體為什麼還未被人發現，堇菲菲邊打著呵欠上學去。

結果當堇菲菲在校門口看到堇青站在不遠處幽幽看著她時，本就不清醒的大腦完全無法思考，她發出驚天動地的尖叫聲：「妳怎會在這裡？妳不是溺死了嗎!?」

堇菲菲本就作了整晚噩夢，有些心理陰影，突然看到原本以為死了的堇青站在她面前，還以為自己見鬼了，頓時嚇得魂飛魄散！

然而當堇菲菲看到幾名警察在堇青的指認下上前，要把她帶到警局協助調查時，這才反應過來到底發生什麼事情。

雖然知道自己沒有見鬼，可堇菲菲的臉色卻變得更加難看。

糟糕！我竟然當著這麼多人面前，喊出堇青應該已經溺死這種話！

先不論警察已把她剛才的話聽在耳裡，校門前人來人往，很多同學都聽到堇菲菲大喊堇青應該溺死的話了。那些同學再聯想到警察要把她抓走，她謀殺堇青失敗反被抓捕的傳言便會在學校迅速流傳開去。

警察出現時，堇家的司機還未離開，見堇菲菲被警察帶走後嚇了一跳，立即打電話通知了堇超然與姜顏。

堇菲菲不愧是堇超然與姜顏的寶貝女兒，堇青徹夜未歸這二人毫不在意，然而一知曉堇菲菲被帶到警局，夫婦二人立即火速趕去要把她保釋出來。

來到警局後，得知果然是堇青報警說堇菲菲意圖謀殺。堇超然與姜顏對望了一眼，心裡都慶幸他們早有準備。

夫婦二人都作證，說昨晚堇菲菲一直留在家裡，又說堇青性格頑劣叛逆，近來還與堇菲菲有感情糾紛，因此他們都認爲是堇青故意誣告堇菲菲。

在這個小世界中，親人所作的不在場證明也能夠作爲參考。警察把二人的口供記錄下來，並讓二人把堇菲菲保釋出去。

堇家夫婦把人接出來後，便要把堇菲菲送回學校。

「不要！剛剛那麼多人看著警察把我帶走，我丟臉死了！才不要回學校！」堇菲菲一臉抗拒地說道。

姜顏都要被堇菲菲氣死了，她現在無比後悔自己過往對她太嬌縱，結果把女兒養得這麼蠢：「就是因爲那麼多人看著警察把妳帶走，妳才要盡快回學校澄清。不然明天妳再回學校時，事情已經不知道傳成什麼模樣了。」

見堇菲菲一副不以爲然的模樣，姜顏教導她：「妳別不在意，堇青這次把妳告上警局，顯然是豁出去了。妳回到學校後，記得表明自己的無辜。還有那個文君華，要是能夠讓他出面爲妳說話就更好了。」

雖然堇菲菲從不把堇青放在眼裡，但這次的事情顯然是自己落了下風，要是再不嚴陣以待，只怕還眞的會吃虧。

至於在學校的堇青，整個上午都被同學們默默注視。

過慣在閃光燈下生活的堇青倒是對這種被關注的狀態接受良好，相較於那些無孔不入、說話尖銳的記者，她覺得這些還在學校的孩子實在可愛得不得了。

杯葛堇青是所有同班同學的默契，只是早上的事情實在太讓人好奇了，堇青的隔壁同學忍了又忍，終於忍不住小聲詢問：「堇青，聽說妳報了警說堇菲菲謀殺，讓警察把堇菲菲抓走了，這是眞的嗎？」

聽到同學的詢問，其他看似各做各事，其實一直暗暗關注堇青的同學們都停下了手上的動作，目光炯炯地等待著她的答案。

堇青道：「堇菲菲昨晚把我推落湖裡，她明知道我不會游泳，可還是這麼做了。而且把我推下水後她立即逃走，完全沒有把我救起來的打算。她顯然不只是惡作劇或者懲罰我，而是想要我的命。」

聽到堇青的話，眾人倒抽一口氣。對於這些還在單純校園中的學生來說，謀殺這種事情實在很遙遠。突然聽到身邊的同學竟眞的下得了手殺人，而且要謀害的還是自己的姊妹，他們都感到非常震驚。

有些與堇菲菲關係好的同學反駁：「妳說謊，菲菲才不是這樣的人！說不定是妳這個私生女嫉妒她，故意誣衊她呢！」

堇青正好藉著這個機會擺脫私生女的名號，道：「我又不是眞的是私生女，反而妹妹才是傳聞中的那個私生女，所以妳說我嫉妒她，這根本不成立。」

那人聞言愣住了，隨即一臉不相信地質疑：「妳別騙我了，菲菲怎會是私生女？如果妳說的是眞的，謠言出現了這麼久，妳又怎會一直以來都默不作聲？」

「之所以會傳出我是私生女的謠言，是因為不知道誰揭發了我一直虛報年齡，並把我與妹妹眞正的生日公布出來。要是我否認我是那個私生女，你們就會懷疑妹妹了吧？」堇青嘆了口氣，道：「我不忍心讓你們知道妹妹才是那個小三所生的女兒。雖然當年妹妹的母親小三上位，大著肚子來我家耀武揚威，最後還把我的親母逼死……可妹妹是無辜的，她終究是與我有血緣的親人。」

聽到堇青的話，再加上她話裡提及的那個小三卑鄙無恥的操作，眾人驚呆了。

只聽堇青續道：「可我想不到我為妹妹揹負了這些罵名，她卻反而恨我恨得要除之而後快……你們就沒有想過，我家的企業為什麼要叫『許氏』嗎？那是因為我的親母是許家千金，許氏原本是屬於我的母親。其實班裡不少同學家裡會與許氏有往來，他們也是知道眞相的吧？可你們爲什麼一直默不作聲呢？難道是你們的父母從沒把堇家的事情告知你們，又或者你們爲了家族往後的利益，故意指鹿爲馬地說我是私生女，來討好被父親寵愛著的妹妹與她的母親？」

不待那些人反駁，堇青又說道：「其實這事情要查很容易便能知道眞相，我又何須說這種一查便會被戳破的謊言？」

堇青這番話裡的指責太尖銳了，簡直是把那些自詡正義、叫囂著痛打私生女的同學的顏臉往地上踩。

尤其是那些家裡曾與許家有交情的同學，身處同一個圈子，他們家的大人一定或多或少聽過堇家的事情，只是因爲各種原因而選擇裝聾作啞而已。

那些同學之前還覺得自己站在正義那方，霸凌堇青等於替天行道，現在都覺得被堇青刮了巴掌似的，臉上火辣辣地痛。

堇青一番話下來完全沒有給他們留面子的意思。反正原主再怎樣忍氣吞聲，那些人不也是照樣霸凌她嗎？既然委屈求全沒有用，她爲什麼不狠狠教訓他們一頓？

千萬別把希望寄託於敵人的仁慈，有時候只要鼓起勇氣反抗，那些看起來無堅不摧的施虐者，其實並沒有想像般的可怕。

即使事後她因爲這番話受到更多霸凌，至少她現在爽了呀！

何況被同學霸凌可以告訴父母、告訴老師，學校不處理的話，便把事情鬧大，將事情發到網路，找傳媒把事情公開。被暴力以待的話可以報警，堇青可不怕丟臉。該丟臉的是那個霸凌者，而不是受到欺壓的人。

有些同學覺得被損了面子，嘴硬道：「就算堇菲菲眞的是私生女，那也不代表她有出手把妳推落湖裡。」

堇青抿起了嘴，一臉不高興地說道：「今早她看到我出現時一副見鬼的模樣，大喊大叫地說我應該已經溺死了，要是她沒有做過，又怎會這麼說？你硬要爲她脫罪，難道你是同黨？」

那人聞言一窒，想要反駁卻又拿不出理據。畢竟像堇青所說，堇菲菲今早喊出來的那番話實在太可疑了，其實那人心裡也不相信對方是無辜的，只是拉不下面子承認自己錯誤罷了。

堇菲菲剛踏入教室，便聽到堇青這番言論，頓時明白為什麼姜顏讓她今天一定要回學校了。不然真的給堇青一天時間胡言亂語，自己的名聲絕對會被她敗光！

堇菲菲怒不可遏地走到堇青面前，揚起手二話不說便要甩她一把掌！

「青青小心！」目睹一切的團子尖聲警告。

然而堇青在多個小世界中身經百戰，雖然這副未經鍛鍊的身體反應有些跟不上，可憑堇青的實力，並不是堇菲菲一個普通高中生可以打得到她的。

在團子的尖叫聲中，堇青迅速擋開堇菲菲的手，還反手甩了她一巴掌！

「啪」地一下，巴掌聲非常響亮，教室瞬間靜寂得可怕，所有人全都被這神轉折驚呆了！

堇菲菲愣了好一會，這才尖叫道：「堇青！妳怎麼敢⁉」

「妳都要打我了，我怎麼就不能反擊？昨天妳要取我的性命，要是我還不強硬起來，還不知道什麼時候會被妳弄死呢！」堇青抿起了嘴，雙眼閃亮著淚花，可憐委屈又無助的小模樣，比歐斯底里的堇菲菲還要惹人憐惜。

平常堇青都陰陰沉沉的，老是垂著頭讓人看不清楚她的臉孔，即使與人說話也眼神閃躲，讓人不喜。

可現在看著堇青仰起頭、一副可憐又倔強的模樣，眾人這才驚覺他們一直認為是醜八怪的堇青，原來長得滿漂亮的。就連以前覺得陰沉又老土的妹妹頭髮型，此刻卻意外地適合堇青，更能襯托她那純良乖巧的鄰家妹妹氣質。

有些人不禁在心裡反問自己，他們以前為什麼會這樣霸凌一個無辜的女孩子？

一開始覺得堇青這個人陰沉不討喜，可他們也只是疏遠她而已，後來傳出了私生女的謠言，堇菲菲的朋友便帶頭去欺負堇青。

漸漸地，跟風的人多了，有些一開始沒有動手的人竟同樣成為了被霸凌的對象，被人說他們與私生女同流合污，於是某些人只得隨大流地去欺負堇青。

他們又想到，每次談及堇青的事情時，堇菲菲都是一副在家受到天大委屈的模樣，讓那些看不起堇青私生女身分的同學更加義憤填膺。

然而現在眞相被揭露，他們才知道董菲菲是私生女，董青更是那個被害得家破人亡的受害者。

在私生女謠言傳得沸沸揚揚時，董青爲了保護董菲菲才把這個導致她被霸凌的身分揹負下來。

董菲菲呢？則是心安理得地讓董青揹鍋，還故意煽風點火，讓大家把董青欺負得更狠！

這麼一對比，更顯得董青品格高尚，董菲菲狼心狗肺。

隨即同學們又想到，只怕這段時間他們都被董菲菲當槍使了。

這些青少年也許沒有那麼多的同情心，會因爲同情董青而與董菲菲對著幹。然而被董菲菲欺騙與利用，卻讓這些中二期的學生感到很沒面子。一時間，同學們看向董菲菲的眼神都顯得充滿了敵意。

董菲菲心裡警鐘大響，之前見董青被同學排擠霸凌的可憐模樣時，她幸災樂禍，覺得很痛快。然而想到這種待遇將會落到自己身上，董菲菲心裡冒出了一股寒意。

她才不要落得被霸凌的悲慘下場！

堇菲菲決心扳回一城，只是私生女的眞相，同學只要有心去查，總能夠知道答案。因此堇菲菲只能努力否認殺人嫌疑：「就因爲妳對我不滿，所以便可以誣衊我殺人嗎？我是有證人的，爸爸、媽媽都可以證明昨夜晚飯後我一直待在家裡。」

堇青聞言差點兒忍不住高興得笑出來，她要等的，就是公開堇超然出手幫堇菲菲的事情！

只要堇超然在這事情上明顯偏袒堇菲菲，到時候堇青抓住對方作僞證這點，便有足夠的理據更換監護人了。

堇菲菲這番話，讓那些本認爲她是凶手的同學動搖了。畢竟姜顏也許會偏幫堇菲菲，可對於堇超然來說，兩個都是他的親生女兒，因此他所作的證供應該還是可靠的吧？

見堇超然被堇菲菲坑了，堇青的心情好得很，也沒有與這些搖擺不定的同學多解釋什麼，只是道：「我相信司法會還我一個公道的。」

菫菲菲覺得菫青已經無話可說，自覺對方已經拿她沒奈何，便囂張地恐嚇道：「爸媽說今天會來學校接我放學，妳這麼欺負我，想好放學回家後怎樣向爸媽交代吧！」

因爲菫菲菲的這番恐嚇，同學們都知道放學後會有場好戲上演。

這天放學鐘聲響起，眾人都沒有離開，而是打量著菫家姊妹看她們什麼時候走，想尾隨看看菫青會不會如菫菲菲所說般，被父母教訓。

菫青可沒在怕，她還樂得有更多旁觀的人，最好把她與菫家的衝突弄得人盡皆知，到時她便能更容易地脫離菫家。

在此以前，適當地降低敵人的警戒是必須的。因此菫青的表情非常沉重，以高超的演技演活了將要面臨責難前的徬徨無助。

菫菲菲見狀，心裡更是得意，心想：妳報警又如何？爸媽分分鐘打臉妳，讓妳落得品行不端、誣告妹妹的下場！

有些同學看得不忍，當堇青尾隨堇菲菲離開教室時，隔壁同學告訴了堇青自己的手機號碼，讓她有需要的話，可以找自己幫忙。

一些同學見狀，某些人也把手機號碼交給堇青，亦有些同學對堇青的說詞將信將疑，打算今天回家便向父母打聽堇家的事情。

當然，還有些同學對此事冷眼旁觀。更甚者，知道堇菲菲深獲堇超然寵愛且想與堇家打好關係的，還想著要不要在堇青吃虧後落井下石。

無論這些人懷著怎樣的心思，有一樣事情是沒有改變的——便是他們想要看熱鬧的決心。

終於，堇青與堇菲菲收拾好東西後離開教室，同學們立即尾隨在後。還有一些得知事情的別班學生也加入了看八卦的行列，一行人以堇家姊妹爲首，浩浩蕩蕩步出了校門。

果然，才出了校門，便見堇超然與姜顏在等著堇家姊妹。

　　堇菲菲一臉委屈地小跑到父母跟前，姜顏想到自家女兒今天在學校只怕不好過，連忙上前擁抱她。看到堇菲菲臉上的傷痕後，更是心疼得不行，堇超然也上前安慰地拍了拍二女兒的肩膀。

　　堇青看著這一家三口溫馨的模樣，心裡冷笑，轉過頭便要舉步離開。

　　堇超然見狀，皺起了眉斥責：「小青，妳要去哪？昨晚徹夜不歸，現在還無視父母，妳的禮貌都到哪裡去了!?」

　　除了那些尾隨過來看好戲的同學們，此時校門口還有很多放學的學生。他們見狀都停下腳步，好奇地看著這天在學校大大出名的堇家人。

　　堇青停下了前進的步伐，目光沒有閃躲地直直看向堇超然。多年前開始，姜顏便把原主養得怯懦自卑，堇超然已經很久沒有直視過大女兒的眼睛了。只見堇青眼眸清澈明亮，彷彿能夠映照出他內心的齷齪。被這麼一雙眼眸凝望著，堇超然少有地感到有些忐忑與心虛，不禁略帶狼狽地移開了視線。

　　「爸，菲菲說你與姜顏都爲她到警局作證，這是眞的嗎？」堇青詢問。

堇超然不滿地斥罵：「妳怎能連名帶姓喚妳的媽媽？快些向妳母親道歉！」

姜顏泫然欲泣地說道：「小青，我知道妳氣我們不站在妳這邊，還拆穿妳的謊言。可是我們不能眼看著妳誣衊妹妹而默不作聲，明明是妳昨天離家出走後徹夜未歸……無論妳在外面吃了怎樣的虧，也不能把怒氣發洩在妹妹身上呀！聽媽媽的話，跟我們回家吧！」

姜顏這番話帶出來的內容可多了。首先她直接點明堇菲菲沒有謀殺堇青，她與堇超然都可以作證；其次，她還說昨晚堇青離家出走後徹夜未歸，這說明堇青的品行有問題，讓人把她往「叛逆」、「壞孩子」等方向猜想；再來，她更暗示堇青是因爲在外面「吃了虧」，所以才在生氣之下誣衊妹妹。

一個女孩子在外面徹夜未歸，還吃了虧……這番話實在太惹人往桃色方向猜想，一時四周人看堇青的眼神都充滿了興味與曖昧。

堇青沒有爲自己辯護，只是針對姜顏道：「妳別自稱『媽媽』，我已經知道妳不是我的親生母親了。妳是破壞我家的小三，還不要臉地挺著大肚子入住堇家，甚至還因爲妳與我母親生產日期相近，逼迫我的母親把妳生出來的私生女認作女兒，將有產後憂鬱的她氣得自殺了！」

來啊！互相傷害呀！

妳故意敗壞我的名聲，那我也不給妳面子，看看誰怕誰!?

第四章・輿論戰

雖然堇青覺得一個巴掌拍不響，要破壞一個家可不只小三的功勞，也要那個當一家之主的男人好色與不忠才行。

可是堇青暫時不宜針對堇超然這個親生父親，只得把火力對著姜顏全開了。

反正將來總有好好收拾堇超然這個渣男的時候！

姜顏被堇青在這麼多人面前道出她最不願意面對的黑歷史，頓時裝不住賢慧了，眼神像淬了毒般，怨恨地盯向堇青。

堇菲菲也覺得裡子、面子都丟光了，今天她才在教室被堇青罵了私生女，現在又被堇青大刺刺地再次提起。她很想打爛堇青這張嘴，讓她再也說不出難聽的話。

然而堇菲菲卻也知道自己只能想想而已，她甚至無法理直氣壯地反駁，只能埋首在母親懷裡，隔絕四周那些看熱鬧的視線。

見妻女受了委屈，堇超然生氣了，他覺得繼續與堇青爭論只會多說多錯，上前便想直接動手把堇青抓上車。

然而就在堇超然的手碰到堇青以前，一個青年卻橫插在他們之間，迅速握住他伸向堇青的手。

堇超然立即認出對方。畢竟眼前這個俊美的混血兒是商業雜誌的寵兒，他有著得天獨厚的背景、容貌與才幹，即使對方與堇超然沒什麼往來，可堇超然還是一眼便認出他來。

想到文家與許家的關係，再想到堇青難得的強硬，堇超然心裡頓生不祥預感。只是現在大庭廣眾下他不能慫，堇超然肅起了臉說道：「文先生，我在教訓我的女兒，請你別阻礙我。」

文森收起了優雅的微笑，冷著臉說道：「你與姜顏爲堇菲菲作假證供，我有理由相信你們是她的同謀。爲了保障堇青的安全，她不能跟你回去。文家與許家是舊識，堇青暫住在我家裡是最好的安排。」

堇超然原本想要反駁，可是他卻想起了什麼般，止住了要說的話，出乎意料地嘆了口氣後便鬆口了：「小青，妳這麼做眞是傷透了我們的心。不過既然妳決意不回家，我們也沒辦法……是我沒有把妳教好……」

說罷，堇超然便領著姜顏與堇菲菲離開，背影充滿了蒼涼，把一個被叛逆女兒傷透了心的老父親演得入木三分。

「他眞壞，還故意裝可憐！」團子生氣地說道。

堇青道：「不只這樣，他這麼輕易放我走，肯定還有後著。」

團子著急了：「那怎麼辦!?」

堇青勾起了嘴角：「這不正好嗎？我就等著有人把事情鬧大，讓堇家出手的話正好，我會讓他們自食惡果的！」

堇家三口離去後，文森向堇青伸出了手：「堇青，我們回家吧！」

「回家」這兩字讓堇青心裡生出一陣感慨。她總是沒有父母緣，穿越了這麼多個小世界，原主的親人不是早逝便是與原主不和，幸好還有戀人的存在，給了她一個家，成爲了她的親人。

文森喚她「回家」，讓堇青的靈魂產生了共鳴。

堇青抬頭打量眼前的青年，因爲背後有著文家這個大靠山，文森根本不須趕著去討好別人，因此他沒有一般商人有的圓滑世故。

然而文森自有他的魅力，他給人穩重又溫和的感覺，讓生意伙伴不由自主地相信他，從而放心地把事業託付給他，這還眞是不得了的個人魅力。

而這種感染力堇青並不陌生，她的戀人便有這種讓人信服的領導魅力，往往讓人忍不住想要追隨。

之前堇青並沒有把文森與戀人聯想到一起，實在是即使戀人在末世當科研人員的時候，也有著強大的武力值。因此對於手無縛雞之力的文森，堇青總是下意識地把他是戀人的可能性排除。

然而堇青再想到，此刻他們身處的是和平的現代，殺人是要坐牢的。文森當商人本就不是需要武力值的職業，因此這不應成爲對方是否爲戀人轉生的參考。

生活環境會影響一個人的性格與生活態度，文森的父親工作十分忙碌，他更多的是被身爲英國貴族的母親照顧長大。因此在耳濡目染之下，文森有著一身貴族特有的矜貴與典雅氣質。

文森雖然與堇青印象中的戀人有不少出入，然而思及他在這個世界的成長環境，堇青卻又覺得這種的改變理所當然了。

更何況，堇青相信自己的直覺，信任自己對戀人靈魂的熟悉感。

看著堇青怯怯地把手交到文森手上，圍觀的人、甚至堇家三口，都不由得露出嫉妒的表情。

這可是文森呀！他是文家本家的小兒子，也是打下大片商業王國的天才。對這裡很多人來說，只要獲得文森的垂青，不……哪怕只一個共進晚餐的機會，也足夠他們吹噓一輩子了！

偏偏文家的人都很難親近，堇青不知從哪獲得的好運，竟然得了文家的庇護！

堇青沒有理會這些人的羨慕嫉妒，她把手放上文森的手心後，便想著該怎樣去試探一下這人，卻發現對方的動作突然一頓。

雖然文森的動作只有瞬間停頓，卻瞞不住有著驚人觀察力的堇青。

隨即堇青便看到文森側過了身體，很巧妙地避過一隻翩翩飛舞著的蝴蝶。

堇青：「……」

察覺到堇青發現了他的小動作的文森：「……」

二人裝作若無其事地坐上了文家的車，沉默了好一會，文森忍不住解釋：「我剛剛沒有被蝴蝶嚇到，只是不想撞到牠才避開。」

說罷，文森也覺得自己這麼說有點蠢。

他不解釋還好，這麼一說，簡直是欲蓋彌彰呀！

文森嘆了口氣，攤了攤手道：「好吧！妳想笑便笑吧！」

堇青忍不住被他逗得「噗哧」一笑。

果然我的直覺是對的，似乎不用再確定他是不是戀人了呢！

無論轉生多少次，他還是這麼可愛吶！

堇青早有預感堇家不會坐以待斃，果然回到文家不久，便有人把相關影片放到

網路上。

這些影片應該是堇家從圍觀學生手中獲得的，不只記錄了放學時發生的事情，還有今早堇菲菲被警察抓捕，甚至午休時堇青打了堇菲菲一巴掌的影像。

爲什麼堇青這麼肯定影片是由堇家放上網的呢？

因爲這些影片全都經過剪接，裡頭所有對堇家不利的因素全被剪掉，更重點突顯了堇青對家人的叛逆與無情。

堇家雖然富有，但在富豪中卻不出眾，堇青也不是什麼明星，然而影片出現不到一小時便上了熱搜，這便很有問題了。而且影片出現以後，討論區更有大量水軍引導輿論，留言幾乎一面倒地指責堇青。

「青青，妳打算怎麼辦？上網澄清嗎？要不然黑進堇家的電腦，把他們買水軍的證據拿到手？」團子問。

對於在未來世界生活多年、又喜好學習的堇青來說，這個世界的科技在她眼中的確很落後，要黑進堇家的電腦一點兒也不困難。然而堇青卻拒絕了團子的建議：

「不，這用不著我出手。」

與堇青搭檔了這麼久，團子已很清楚堇青的本領。見她如此氣定神閒，團子也沒有再著急，道：「那我去監視一下堇家那邊，說不定還能夠看到他們吃虧的模樣呢！」

堇青笑道：「相信我，你的期待不會落空的。」

團子喜孜孜地離開後，堇青想了想，便露出一副傷心又驚慌的神情，跌跌撞撞地小跑去找文森了。

這種小事還犯不著她親自出手，當然去找文森來英雄救美啦！

還可以與他多交流交流，嘻嘻！

正在書房處理工作的文森，聽到敲門聲時還以爲是送咖啡進來的下人，頭也不抬地說道：「進來。」

然而站在房門的人卻未有動靜，文森這才奇怪地往門口看去，便見堇青站在房門處猶豫著是否上前。觸及他的目光後，堇青握著手機的手緊了緊，不好意思地詢問：「呃……不好意思打擾到你工作了，如果你在忙，我可以晚些再……」

雖然雙方相處時間不多，可已足夠讓文森了解到對方的性格。很典型的一個害怕社交的女孩子，她膽小並缺乏自信，不擅長與人交談，過於在乎別人對她的想法，亦非常害怕會爲別人帶來麻煩。

只是這孩子很努力，也許因爲昨天差點死掉的關係，她開始鼓起勇氣遠離那些對她滿懷惡意的親人，對待敵人漸漸懂得強硬起來，然而有些性格是一時三刻改不掉的。尤其現在她面對的文森是她的恩人，並不是敵人。

文森相信只要他說現在工作很忙，這個女孩必定會一副打擾到他的模樣充滿歉意地離開，即使她有著十萬火急的事情要向他求助。

文家素來是別人討好的對象，尤其在這一代，本家的人都爲官，只有文森因經商相對較易接近，所以他經常遇上別人刻意交好，又或者利用交情妄圖讓他幫忙。

別看文森外表溫文爾雅、很好親近，這人其實很有自己的想法與清楚的底線。那些懷著不純目的接近他、試圖從他身上拿好處的人，往往最終只能鎩羽而歸。

如果堇青也像那些人一樣，懷有利用他的心思，文森也許礙著爺爺的面子會出手幫忙，但絕不會對她多上心。

可是堇青從第一次打電話向文家求助後，她的表現一直很懂進退，並沒有利用許文兩家的交情提出過分的要求，知情識趣得很。

而且這孩子本身也是個有趣的人，文森不禁想到她今天放學時懟那對母女的模樣，明明是頭軟綿無害的小動物，卻拚命向著敵人伸爪子，奶凶奶凶的。

文森甚至已經想到，要是堇青脫離堇家後無處可去，他也不介意養著這頭剛學懂了伸爪子的小動物。

由於心裡已隱隱接納了堇青，因此文森對她的事情便上了心。早在堇青發現網上的言論以前，文森便已先一步察覺到了。

只是文森想讓言論繼續發酵，這才先按兵不動。現在堇青拿著手機來找他，大約是看到網上的言論後來尋求他的協助吧？

「不，妳沒有打擾到我，我正打算休息一下。」文森微笑道，並做了個「請」

的手勢，示意一直在門邊徘徊的堇青進來。

獲得文森的邀請，堇青露出一個軟萌的微笑，少女長相本就乖巧，此刻那雙水潤潤的眼眸因爲笑容而成了彎彎的新月，甜美的模樣看得文森一愣，心頭不由得生起一陣悸動。

這麼可愛……眞的太犯規了！

文森實在百思不得其解，爲什麼堇超然寧願去寵那個嬌縱野蠻的堇菲菲，也不願對乖巧懂事的堇青好一點。

見堇青這麼對著自己甜甜一笑，文森這麼堅定的人也覺得心軟起來。想起網上用著極盡惡毒的言論抨擊堇青的人，文森更覺得不可饒恕了。

接觸到文森鼓勵的目光後，堇青不好意思地把垂在臉旁的長髮繞到耳後，並遞出了手機給文森看，手機的螢幕上正顯示那些帶風向的言論：「我離開家裡的事情被人放上網了，而且那些人都在罵我……事情似乎已經引起廣泛關注，還連累到文家被罵了，我想我還是回家比較好……」

文森止住了堇青的話，微笑道：「很快那裡就不是妳的家了，我們會奪得妳的監護權，到時候妳就不用回堇家了。」

頓了頓，文森又補充：「當然，這只是暫時的。待妳成年後，那棟房子便會成爲妳的資產，妳有權讓他們滾出堇家、滾出許氏。」

堇青聞言不由得沉默，果然這一世雖然看起來是個風度翩翩的紳士，可是戀人對敵人的手段依然是這麼狠啊……

看到堇青瞪大雙目愣住了的模樣，文森覺得很可愛，忍不住低笑了幾聲，又安慰道：「網上的言論很快便會受到控制，到時候堇家會自食惡果，妳不用擔心。」

文家自有他們處理網路言論的團隊，原本文森還覺得須要讓網上言論再醞釀一陣子，然而看到堇青這麼擔心地過來找他了，文森還是不忍心讓這孩子繼續擔憂下去，決定讓團隊出手控場了。

獲得文森的保證後，堇青雙目閃亮亮地以看英雄的目光盯著文森。文森在少女仰慕的視線下，覺得自己彷彿變得高大起來，成爲了可以爲她撐起一片天的英雄。

在接到堇青求助的電話後，文森曾讓人調查過她，自然也知道她與文君華的事情。文森當時還奇怪，文君華爲什麼會在堇青最怯懦、不起眼的時候喜歡上她。可現在他卻發現，這種被人全心全意仰慕、信任著的感覺，眞的很不錯。

想到文君華與堇青曾經的戀人關係，文森心裡生起了點不爽的小情緒。堇青也曾把文君華視爲她的英雄，可最終卻被對方毫不留情地拋棄與背叛……

原本文森還覺得文君華父親的工作能力不錯，打算升他的職位。可現在看到他教出這種撿了芝麻、丟了西瓜的兒子，便覺得文君華的父親只怕也不是個精明的人，文森決定把那個職位交給另一個候補人選。

文君華的父親並不知道，他還在喜孜孜作著升職的美夢，結果卻被兒子坑爹了呢。

文森說事情很快會受到控制，事情便沒有懸念了。堇青回到客房後不久，便聽到團子興奮地說道：「青青青青！事情出現反轉了！現在堇家那些人都被網友罵死了，堇超然還氣得打了堇菲菲一巴掌！」

堇青想著堇菲菲還眞倒楣，今天才剛被她打，晚上又被堇超然打了。不過她可不會同情對方，原主的悲慘下場堇青可沒有忘記呢！

邊聽著團子在堇家那邊幸災樂禍的現場直播，堇青邊好奇地上網看看，果見現在網上的輿論已經逆轉，之前是堇青一面倒地被責罵，現在網民則是一面倒地咒罵著堇家三口。

文森不知從哪拿到了影片的完整版，他讓人把一刀未剪的影片放上網，頓時引起網民譁然。

之前的影片中，堇家把所有對他們不利的因素全部剪去，讓眾人認爲堇青是個叛逆無禮、打妹妹，還罵父母的不肖女兒。

可現在網民看到影片的完整版以後，這才發現有那麼多被掩蓋的眞相！

從上學時，堇菲菲不小心脫口而出堇青應該溺死的話語，到放學時堇青說及姜顏是小三，還挺著大肚不要臉地入住堇家、生產後要求堇夫人把私生女認作女兒這些事情，都引起了巨大關注。

文森見事情已經反轉後仍覺得不夠，隨即放出堇家買水軍的證據。更讓人爆出堇夫人把許氏留給了堇青一事，堇超然看似繼承了許氏集團，其實他只是作爲堇青的監護人，暫時代管她的財產而已。

隨後文森還覺得不夠，他親自公開聲明，內容大略是注意到網上有言論抨擊文家帶走堇青、讓一個家庭骨肉分離一事。可是警方那邊卻收到有力證據，證明堇超然與姜顏作出偏幫堇菲菲的假證供。可惜因爲事情已進入司法程序，那份資料作爲證供暫時無法公開。然而文家已經爲堇青申請了禁制令，預料明天便能夠獲得法律文件，禁止堇家三人接觸堇青，並且獲得堇青暫時的監護權。

很多責罵文家的人，看到文森這番話以後都不再作聲了。

文森的聲明是騙不了人的，只要看警方明天會否眞的出保護令便能知曉眞僞，他不會這麼愚蠢地說出一戳就破的謊言，因此很有可能堇超然他們眞的作了假證供，這麼一來，文家實在不應受到社會的指責。

很多原本站在堇家那邊的人，都察覺到事情的不尋常。那些堇超然買來的水軍也因爲被爆了出來而銷聲匿跡，一時網上人人都在觀望，等待著明天警方到底是不是眞的會出保護令。

雖然文森只是單純把眞相揭露出來，並沒有對此進行太大引導，然而網友的想像是無窮的，接下來網路上的各種猜測與陰謀論，都把事情極盡地複雜化。

離開了文森房間的堇青再次關注網上言論時，網友已經在猜堇菲菲謀殺堇青是不是獲得堇超然的授意，目的是想要謀取許氏？

堇青看到這言論時忍不住笑了出來，她已經猜到堇菲菲到底爲什麼被打了。

說起來堇超然也是冤枉，他的確懷著要對原主不利的心思，然而他有更周詳的計畫。這次的事情他確實事先毫不知情，只是堇菲菲私自出手罷了。

結果不僅被人猜測堇菲菲是受到堇超然指使，更把事情往奪取許氏一事打上了等號，這也許會讓堇青對他接下來的計畫有所提防。

被人在網上罵幾句也許他還能不在意，然而菫菲菲的任性可能會妨礙到他奪取許氏的計畫，這是菫超然無法接受的。

對菫超然來說，許氏已是屬於他的東西。他爲集團付出太多了，可以說與眞愛姜顏，以及他寵愛的女兒菫菲菲相比，許氏在菫超然的心目中更加重要。不然當年菫超然就不會委屈眞愛讓她當小三，選擇與許氏千金結婚了。

也許菫超然對姜顏不是沒有感情的，只是他更重視的是他自己的利益。

當姜顏與菫菲菲的存在威脅到自己的利益時，她們便會被菫超然理所當然地犧牲。

菫青看著網上的各種陰謀論摸了摸下巴，眼中露出狡黠的神情，這讓她那張乖巧純良的臉氣質大變。如果讓人看到現在的她，一定不會認爲這個女生軟弱可欺。

在菫家看夠了戲的團子剛回來，便見菫青這OOC的模樣。它連忙糾正：「青青，別忘了妳現在是隻可憐兮兮的小綿羊！綿羊沒有爪子的，別伸爪子！」

菫青笑道：「我現在的人設是『被家人惡意對待後，堅強起來對抗黑暗勢力的小可憐』，柔弱中帶有堅強的光輝，不會再任人欺侮了喔！」

團子：「……妳高興就好。」它已經很習慣每次穿越，堇青都巧妙地漸漸改變原主的性情，讓自己活得更加舒心之餘，卻又完全不會惹身邊的人懷疑。

堇青也看夠了網上的言論，她放下手機，並開始做作業——雖然能夠穿越到熟悉的現代背景她是很高興沒錯，只是爲什麼要當女高中生呢？

好想把這些萬惡的作業一把火燒掉呀！

雖然對於邊與堇家鬥智鬥力，邊還要應付高中課程，堇青充滿怨念，可是她還是得乖乖完成作業。堇青想著待堇家的事情解決後，她便跳級讀大學好了，畢竟大學的自由度比高中高多了。

堇青邊做作業，邊跟團子聊天：「在原主記憶中，堇超然在她成了植物人後，到她的床前說了一大堆有的沒的，其中便有他計畫僱用一些亡命之徒綁架原主，藉機把原主弄死一事。你說，這一世我落湖後全身而退，堇超然會不會僱凶實行這個計畫？」

團子還是初次聽堇青提及這事情，頓時憂心忡忡地道：「竟有這麼危險的事，青青妳不如告訴文家，讓他們去警告堇超然一番？」

堇青卻搖了搖頭，否決了團子的建議：「哪有千日防賊的道理？我還巴不得堇超然快些出手，好讓我找到證據將他送進監獄呢！至於安全方面，我相信文家會保護我的，何況還有團子你在，堇家那邊有什麼風吹草動都逃不出你的監視呀！」

這個時代不像未來世界，有光腦這種可以屏蔽各界窺看意識的空間，反派若要做什麼小動作，團子總能看到蛛絲馬跡。

團子立即保證：「我會好好保護青青的！」

可惜現在團子在鏡靈空間，不然堇青真想抱抱它揉揉它的毛。這孩子真的太可愛、太貼心了！

堇青露出燦爛的笑容：「那就拜託團子你了！」

第五章・判決

第二天，堇青離開文家前往學校時，是由文森親自送她過去的。

雖然文森覺得，堇青在面對他人的惡意時，已經開始懂得強硬起來，那就別對她太過保護，孩子還是要受些苦楚才會成長。可文老爺子總覺得堇青在學校會受到欺負，因此他讓文森陪她上學，就是爲了代表文家來震懾那些想要欺負堇青的人，再次提醒他們堇青有文家撐腰。

其實文老爺子眞的多慮了，堇家的事情人盡皆知，還鬧上警局了，學生即使看不慣堇青，也不會選擇在這種時候當那個欺負她的出頭鳥，免得到時候惹禍上身。

何況現在他們知道了堇青才是許氏集團眞正的主人，待她成年後，許氏便沒堇超然什麼事了。之前不少欺壓堇青的人，都是爲了討好堇菲菲這個堇超然寵愛的女兒，以圖家裡與許氏合作時能夠獲得便利。

可現在得知他們一直欺壓的人才是許氏的主人，而且堇青還獲得了文家的保護，這些曾經欺負過她的學生們都不知道該說什麼才好了。

不少家勢不如堇家的，都擔心他們先前的做法會爲家裡惹禍，心裡更遷怒上了堇菲菲，覺得這一切都是對方的錯，明明只是個私生女，卻裝成一副大小姐的模樣來誤導他們。

要不是今天堇菲菲請假沒上學，他們都準備狠狠教訓她一頓了！

這些學生可不知道，根本不用他們出手，堇菲菲已經被原本很寵愛她的老爸教訓了一頓。今天堇菲菲之所以沒來學校，除了因爲她涉嫌殺人的事情被傳得沸沸揚揚且無法洗白以外，便是因爲她接連被打的臉還腫著呢！

沒有了礙眼的堇菲菲，同學又不找她麻煩，雖然四周不停投來若有似無的打量視線，可對於早就習慣身處他人目光中的堇青來說，這根本不算什麼，這天她在學校過得悠然自得。

原本堇青還以爲今天能夠順順利利地迎接放學，誰知道午休時有人卻找來了。

來者正是原主的前男友——文君華。

堇青扶了扶額，她差點兒把這個人忘記了。

雖然堇青有些厭惡這個人，不過她還是跟隨對方離開了教室。打算有什麼事情便一次與他把話說清楚，總好過這人沒完沒了地來煩她。

文君華領著堇青走到僻靜之處，便詢問：「小青，妳與菲菲之間到底是怎麼一回事了？」

堇青一臉奇怪地看著他：「事情都在網上鬧得人盡皆知了，你還有什麼不知道的嗎？」

文君華無法置信地道：「那只是誤傳對吧？我想妳們之間一定有誤會才會……」

「沒有誤會。」堇青打斷文君華的話，道：「就是你在網上看到的那樣，堇菲菲明知道我不會游泳，卻把我推落湖後跑掉了。」

文君華看到堇青這麼確定的神情，知道她沒有說謊，不由得驚訝地質疑：「菲菲為什麼要這樣做？」說罷，他又像想到什麼般，一臉憐惜地說道：「對了，那個傻丫頭，她一直為自己私生女的身分而傷心失意，她一定以為只要妳不在，她便能夠成為名正言順的堇家小姐了吧？唉……她還是這麼自卑……」

看著文君華自說自話的模樣，堇青嘴角一抽，忍不住為堇菲菲迷惑文君華時的演技叫好。到了現在，這傢伙還是覺得對方是個可憐兮兮、被欺壓的私生女啊……

自覺獲得眞相了，文君華假咳了聲，對著堇青有些難以啓齒地請求：「小青，我知道妳生菲菲的氣，她是眞的做錯了。只是她也是個可憐的女孩，而且畢竟是妳的妹妹，妳就看在姊妹情分上饒過她這一次吧！我想她也不是有心的，現在應該已很後悔。」

堇菲菲後不後悔堇青不知道，可堇青現在無比後悔跟著文君華出來這一趟。她覺得這人的想法眞的很奇葩，一直粉飾太平的做法也令她反感。

堇青不想再聽對方廢話，正想拒絕他的要求準備離開，卻敏銳地察覺到有人躲在附近，而且那人似乎在偷拍。

得感謝那些狗仔隊多年來鍥而不捨地追蹤，堇青對於偷拍鏡頭非常敏銳。她眼珠一轉，便打消立即拒絕文君華後離開的想法，繼續與他周旋道：「你說堇菲菲可憐，但是你看，我的父母爲了堇菲菲都願意作僞證了，還在網上誣衊我、敗壞我的名聲。他們爲堇菲菲做到這種地步，你還認爲堇菲菲是個在家裡不受寵、要仰仗我鼻息過活的可憐私生女嗎？」

文君華聞言一窒，實在是堇菲菲可憐兮兮的模樣太讓他印象深刻了，因此這兩天得知事情始末後，他竟從沒懷疑過她。

不待文君華回答，堇青又接著道：「我明白你想幫助女友的心情，然而她可是要謀殺我耶！你竟然要我去原諒一個要殺我的人，讓我們握手言和？差點被謀殺的人不是你，你當然說得輕鬆。這事情已經進入司法程序，難道我要告訴警察是我在誣告她嗎？你以我跟堇菲菲之間的血緣關係來道德綁架我，可她出手把我推落湖時，有沒有想過我是她的姊姊？如果我把事情輕輕放過，她連殺人都不用付出任何代價，那她下次出手就更沒顧慮，我豈不是將自己陷於危險之中？」

文君華不知道如何回答堇青的諸多質問，他只能乾巴巴地保證：「我相信菲菲已經知錯了，而且我也會看著她，不讓她傷害妳的！」

「可是我不相信堇菲菲，也不信任你的保證。」堇青面無表情地說道：「當初我與你交往在先，但你卻從不珍惜我。只要堇菲菲或者你的好友們一通電話，你便會立即丟下我。後來你還爲了與堇菲菲在一起選擇與我分手，我又怎會去相信一個曾經多次傷害我的人？」

文君華辯解：「妳也知道我是喜歡妳的，之所以與菲菲在一起不是因爲我變了心，而是菲菲爲了我都割腕自殺了，是她運氣好被搶救回來，但下次就未必有這好運了。那可是一條人命，我怎能視若無睹⁉」

「無論因爲什麼，你的確是爲了別的女人而與我分手，確實是傷害了我這個無辜的人，這是不爭的事實。」堇青說罷，又勾起嘴角，道：「何況你眞的以爲堇菲菲會爲了你自殺嗎？她跟她的母親一樣，最會裝可憐騙人了。以我對她的了解，她不會眞的去割那一刀，十居其九是騙你的。你找個機會去看看她的手腕到底有沒有疤痕便能知曉了。」

文君華聞言後被打擊得呆若木雞，雖然他不願意相信，只是他也知道堇青既然說得這麼肯定，那麼事情很可能是眞的。

如果堇菲菲眞的一直在欺騙自己，那麼他對她的同情與憐憫算什麼？他這段時間付出的感情、他的犧牲，豈不成了一場笑話!?

打發掉文君華後，接下來的時間堇青再也沒有遇上煩心事了，平靜度過了下午時光。

然而放學時，文森竟然再次親自來接她！

當堇青步出校門時，立即便發現到有趣的一幕。

那些放學離開學校的學生，一步三回首，走得比烏龜還要慢。有更多學生選擇不離開，隔著一段距離，三五成群地聚在一起裝成在閒聊，然而他們的注意力都沒有放在彼此身上，而是經常裝作不經意地抬頭偷瞄文森。

堇青不由得感慨文森的魅力，無論是他的容貌氣質，還是家世，都讓人難以移開目光。

其他路人不知道，還以爲有明星出現，校門才被圍得水洩不通呢！

老實說，看到文森出現時，堇青感到很意外。文森可說是戀人這麼多世之中，與她最不來電的一世了。不知道是不是文老爺子老說要收養她，因此文森自覺進入了兄長的角色，一直對她沒有表現出絲毫兒女之情……

總而言之，現在堇青與文森雖住在同一屋簷下，可關係卻稱不上親近。今早上學時，文森都已經來學校為她撐過腰了，根本犯不著這麼短時間內再來一次。

是有什麼事情嗎？

堇青的疑問很快便獲得解答。文森見她出來後便迎上去，並交了一份文件給她：「這是法庭頒布的臨時禁制令，現在直至堇菲菲意圖謀殺案結案以前，堇家三人都不能接近妳，而我暫代為妳的監護人。」

聽到文森的話，堇青高興地接過文件細看內容，心想這個世界的司法機構辦事效率真不錯！

圍觀的人都忍不住竊竊私語起來。法庭真的頒布了臨時禁制令，也就是說，很有可能堇超然與姜顏真的作了假證供，而且還被人揭發了！

有些圍觀學生已經忍不住拿出手機，把事情圖文並茂地放上網。

文森見狀勾起了嘴角，沒有阻止這些學生的舉動，逕自帶著堇青離開了校門。

「今天在學校如何？」上了汽車後，文森問。

堇青邊回答著文森，邊一心二用地在心裡與團子道：「糟糕了，這傢伙似乎愈來愈進入家長的角色啦！」

團子不解：「那不是很好嗎？反正妳的監護權十居其九會轉到文家手上，既然如此，文森把妳當女兒養就更會護著妳了。」

堇青這才想起，自己似乎沒有告訴團子她找到戀人了：「其實，文森是我的戀人。」

「什麼!?」團子震驚過後，忍不住哈哈大笑：「所以這一世，青青要當他的女兒嗎？或者要跟爸爸來場不倫之戀？」

堇青嘴角一抽：「什麼爸爸？他頂多是我的哥哥而已，而且要說年齡差的話，上一世我跟他的年齡差不是更大嗎？」

團子道：「可是上一世他不是妳的監護人呀，家長感沒這麼強烈！」

菫青不說話了，這也是她擔心的地方，感覺戀人愈來愈陷入父女……不！是兄妹的角色了。她知道戀人是個很有責任感的人，要是對方眞的把她視爲妹妹，甚至是女兒，讓他對妹妹/女兒生出非分之想的難度絕對是突破天際！

因此與文森確定戀愛關係，已經是逼在眉睫的事情！

或許這一世菫青可以主動一點，當追人的那方？

對菫青來說，她從不相信那種「先愛上的那方便輸了」的論調。愛情從不是一場爭鬥，這是兩人互相了解、彼此扶持的珍貴緣分。

雖然菫青很享受被追求的過程，但爲了這個她想要共度一生、她最珍惜的人，菫青也不是不能放下身段去追求對方的。

何況菫青從未追求過別人，想想還有些小激動呢！

堇青不得不慨歎這個世界的司法機構效率眞的很高，很快地，對堇菲菲的判決便出來了。

堇菲菲意圖謀殺罪證確鑿，只是因爲受害者堇青沒有眞的死亡，算不上謀殺罪，因此判刑並不重。除了罰了一筆錢之外，便只判她坐三個月的牢。這還是文家推動之下的結果，不然憑堇家的運作，也許堇菲菲只要做做社會服務就了事了。

作僞證的堇超然與姜顏也被告上法庭，然而雖然於名聲造成了影響，但也算不上很嚴重的事情，因此最終只罰款解決。

錢能夠處理的問題，對堇家來說都不算什麼，可是堇超然爲了包庇堇菲菲，作出僞證指證堇青，讓法官認爲他對堇青有著潛藏的危險性。因此堇超然的處罰中還有一個讓他難以接受的條款，便是他被剝奪了堇青的監護權！

當然，眞正讓堇超然無法接受的並不是失去對堇青的監護權，而是這意味著他失去了對許氏的管理權力！

這一點，是堇超然無論如何也無法接受的，他重金找來資深大律師進行上訴，打著血緣關係的旗子，希望法庭能夠看在他眞心悔改的份上，收回成命，別剝奪他作爲父親的權利。

也眞的有部分陪審團被堇超然的說法，以及他裝可憐的演技打動。堇超然身爲堇青在這世上唯一血脈相連的長輩，確實爲他的上訴帶來了天然優勢。

只是他爲堇菲菲作僞證的黑歷史實在過於偏心與惡劣，讓陪審團非常懷疑，若堇青繼續留在他身邊，能否獲得良好的照顧，於是這事爭論了好一段時間。

堇青作爲堇家與文家這場爭奪的當事人，可這些煩心事卻煩不到她頭上，都被文家的法律團隊妥善地處理了。

堇青要做的，只是到法庭出面當幾次證人而已，其他的，都被律師以她未成年理應受到保護、在此次事件中承受巨大心理壓力爲理由，在往後繁瑣的司法程序中豁免了她親自上庭。

事情涉及堇超然最看重著緊的許氏集團，他全副心神都用於與文家爭奪撫養權上，自然沒有心情去管堇菲菲了。

因此被判入獄的董菲菲也只有姜顏爲她打點一切，董超然甚至沒有抽空探望過坐牢的女兒。

對董超然來說，董菲菲要坐牢已是無法挽回的事，何況她也只是被判幾個月，又不是被關十年、八年，他理所當然地該把精力投放在更重要的事情上。

然而對於姜顏與董菲菲來說，董超然的冷漠卻很讓人心寒。

姜顏不禁想起，當初她明明早與董超然相戀，然而對方爲了奪得許氏，卻改爲追求許家千金，讓姜顏沒名沒分地跟在他身邊。就連董菲菲也只能揹負著私生女的身分，一輩子抬不起頭來。

原本姜顏還覺得這一切都是值得的，至少她獲得了董超然的心，只要一家人能夠在一起，他們一定可以過得幸福快樂。

然而董超然對董菲菲的冷漠，卻把姜顏心裡名爲「幸福」的泡泡戳破。

姜顏醒悟到，董超然可以犧牲她們一次，便能夠犧牲她們第二次。

董超然是眞的喜愛她，也是眞心疼愛董菲菲這個女兒。可在他心目中，姜顏與女兒從來不是他關注的第一順位。

姜顏可以委屈自己，可她不願委屈女兒。也許姜顏並不是什麼好人，但她的確是眞心愛著董菲菲的。這一次，董超然對董菲菲的態度，敲響了姜顏心裡的警鐘，讓她領悟到這個男人的冷酷無情，察覺到對方根本靠不住！

見董超然把所有心力都放在與文家爭奪監護權上，姜顏便生出了小心思。

姜顏察覺到董超然靠不住，而且對方能不能保住許氏仍是未知之數，於是她便向董超然提議，讓她在許氏工作的親戚偷偷轉移許氏的資金。即使最後許氏眞的要還給董青，他們也能夠捲走大量金錢再離開。

聽了姜顏的建議，董超然沒有考慮太久便欣然答應。

對於許氏，董超然雖然從未想過放手，但不介意做兩手準備。

誰知道姜顏藉著董超然放權的便利，把大部分資金轉移至自己的私人戶頭。

當年因爲委屈了姜顏揹負小三的罵名，董超然對她有著愧疚，便提拔了不少姜顏的親友到許氏工作。現在這些人已在許氏站穩了腳，因爲有董娘當靠山，行事便有點肆無忌憚，或多或少手腳都不太乾淨。

姜顏一直都知道這些，只是那些人終究是她的親戚，要是貪的不多，姜顏都是睜一眼、閉一眼。

現在她很慶幸當初沒有辭退他們，現在正是用得著這些親友的時候。在這些人的幫助下，姜顏很快便從許氏掏出了不少資金。

堇超然對此一無所知，然而堇青很快便從團子口中得知了姜顏的小動作。

只是堇青很好奇這對真愛到底會狗咬狗到什麼程度，因此她沒有舉報，只是默默收集了罪證以備不時之需，並未對此做出任何干涉。

反正無論姜顏從許氏貪掉多少，堇青也有信心讓她吐出來。

堇青在文家的生活已穩定下來，文家上下都很喜歡這個乖巧的女生。

得知堇青正式搬入文家、文森與堇超然爭奪監護權後不久，文家其他家族成員都特意放下工作，飛回主宅與堇青見了一面。

堇青與他們相處得很好，可惜無論是文森的父母還是大哥，都是管治一方的大佬，他們的工作實在非常忙碌，特意抽空過來一趟，已表現出他們對堇青的重視。

他們只在文家老宅住了一天，第二天便急匆匆地趕回去處理公務。

堇青就這麼在文家住了下來，與戀人住在同一屋簷下，不搞事的話她便不是堇青了！

堇青想要討好一個人的時候，鮮少有人可以拒絕的。

一開始，文森覺得堇青這個「妹妹」實在貼心得很，她的關心總是表現得恰到好處，讓人心裡感到熨貼無比。

漸漸地，文森與堇青親近了起來，堇青漸漸融入了他的生活，文森的生活習慣在堇青的小小干涉下，不知不覺出現了各種改動——比如每天晚上不喝不行的咖啡變成了牛奶，辦公桌上多了些綠色植物……

雖然只是些小事情，可卻又與他的生活息息相關，彷彿到處都有堇青的影子。

文森是個很有主見的人，別人管他的事，他一定會很不高興。偏偏看著堇青偷偷讓他改掉那些有損自己健康的壞習慣，然後躲在一旁小心翼翼地觀察他反應的模樣，就像一頭與主人不親近的小動物，做了壞事後怯怯地觀察著主人底線，讓他實在生不出氣來，反而還覺得這樣的堇青很可愛，便默許了她做這些事。

更要命的是，在文森的縱容下，堇青無師自通地學懂了向他撒嬌；而文森還該死地對這樣的堇青毫無抵抗力！

只要文森一表現出他對事情的不贊同，堇青便會露出一副可憐兮兮的模樣，用著軟軟的語氣哀求：「文森哥……」

簡直要命！

文森只要一面對堇青這副又軟又甜的模樣，總會不自覺地心軟起來。

這段日子文家把她照顧得很好，堇青性格中的溫柔軟和依舊，然而卻又帶著以前所沒有的堅強與自信。

此時的堇青已經完全褪去往日的陰沉，一顰一笑明亮而美好，讓人不由自主地隨著她的笑容而露出微笑。

隨著堇青與文森的交流不知不覺多了起來，他們之間的稱呼也從以往生疏的「文先生」與「堇小姐」，變成了「文森哥」與「阿堇」。

兩人相處時間也變多了，以往假日時文森不是留在家裡工作，便是相約生意伙伴出席各種活動與應酬。

可現在文森都會自覺地空出一天時間與堇青待在一起，即使只是在家裡的電影室看個電影，又或者聽堇青彈奏一曲鋼琴，文森都能感受到那種靈魂契合般的溫馨愉快。

然後很快地，文森便察覺到堇青喜歡上自己了。

第六章・互生情愫

要發現堇青的心意其實一點兒也不難，畢竟這孩子的想法全放在臉上，是個不擅長隱藏自己想法的人。

因此當堇青對文森的感情從妹妹對兄長的仰慕，變成了對暗戀之人的依戀時，文森很快就發現了。

文森第一個想法是覺得啼笑皆非，心裡不禁反省自己是不是做了什麼讓這個小妹妹誤會；還是堇青實在太缺愛了，因此別人小小的善意，輕易便引起她的遐想？

文森完全沒有把堇青放在伴侶的預想範圍內，實在是對方現在還只是個高中生，在他看來年紀太小了。

雖然兩人的年齡差其實並不大，然而在文森這個已是社會成功人士的人看來，「高中生」、「未成年」這些身分實在是一條巨大的鴻溝，總覺得要是自己真的與堇青有個什麼，那未免太禽獸了……

然而當他與堇青日漸親近，文森卻愈發感到與對方在一起時的溫馨與順心。兩人即使只是共處一室做著各自的事，他也能感到發自靈魂深處的滿足感。

尤其堇青性格漸漸變得開朗以後，就像朵明亮鮮艷的嬌嫩花朵，讓文森總是不由自主地把視線投放到她身上。

就是太嬌嫩了……特別有負罪感……

一開始，文森嘗試過疏遠堇青，然而這女孩的性格雖變得開朗了，但內心仍是那個敏感脆弱的孩子。

文森才剛開始有疏遠堇青的苗頭，堇青便立即像受到驚嚇卻又不知自己做錯了什麼的小動物般，慌張無措。原本稍稍打開的心扉更有再次關閉的徵兆，漸漸變得不自信與愈發沉默。

文森這才驚覺到，他低估了自己在堇青心中的地位。也許因爲堇家人素來與堇青不親，因此文森的存在對堇青來說除了是愛慕的人，還取代了家人地位。

文森深刻反省自己疏遠堇青的行爲，原本他是爲了對方好，可因爲不想面對堇青的感情而藉故疏遠對方，對堇青來說又何嘗不是傷害？

於是文森便掐滅了疏遠堇青的想法，畢竟他的初衷是爲對方好，並不是想要傷害她。

何況在文森所想，堇青只是混淆了親情與愛情。或許只要他們再熟悉幾分，堇青便能區分出對他的喜歡只是親情，又或者待堇青身邊再多些親近的人以後，她便會把這想法放下了。

然而……文森愈是與堇青接近，便愈是感到這女孩實在太貼心可愛了！

在讓堇青能夠區分出親情與愛情以前，他卻快要愛上她了，這該怎麼辦!?

這天是個晴朗的假日，文森來到飯廳時立即看到放在餐桌上的鮮花，頓時猜到這是出於誰的手筆。

接收到文森的視線，堇青甜甜一笑：「漂亮嗎？這些花是我插的唷！」

文老爺子笑呵呵地稱讚：「小青眞是太了不起了，她只是看網上的插花教學影片練習，成品卻完全不比專業的差。」

然而文森卻嘆了口氣，道：「小青，很抱歉，家裡不適合擺放花朵，因爲我會過敏……」

青年說到這裡卻停頓了，因爲堇青已走到他面前，小聲地與他說起悄悄話：「我知道文森你沒有過敏，而且還很喜歡花。我都注意到了，你經常偷偷到花房裡賞花。路過花房時也總會走得慢一些，視線都放在花房裡的花朵上。只是因爲怕蝴蝶，所以才不敢在家裡插上鮮花罷。」

堇青口中的花房，是主宅旁一間玻璃建造的花房。花房裡種植了很多珍貴的花卉，每一株都是價值連城的珍品。

文森下意識便想反駁堇青的話，不過想到他害怕蝴蝶的模樣已經被對方看過，甚至多次在遇上蝴蝶時，堇青都會很神奇地及時出現來救援他。被堇青救了這麼多次，現在反駁的話說得再多也顯得無力，因此便把於事無補的藉口吞回了肚子裡。

至於堇青爲什麼每次都能那麼及時美女救英雄呢？

因爲有團子小助手在嘛！無論是監控敵人還是牽姻緣，小助手的能力都是一級棒！

「放心啦，在室內放上鮮花其實並不如你想像中這麼容易引來蝴蝶。即使眞的有蝴蝶飛進來，可我每天都會與你一起吃飯，我會保護你的！」堇青認眞地說道。

看到軟萌的小丫頭說著會保護自己的話，文森感到了滿滿的反差萌，還有對對方心意的感動。

這麼一來，文森也不好拒絕堇青的好意了。他的確如堇青所說般，很喜歡賞花，可惜因爲討厭蝴蝶，他只能忍痛遠離有鮮花的地方。

文森一直覺得怕蝴蝶這種事實在太不像男子漢，自尊心作祟下，特意用過敏來當藉口。現在在堇青面前他卻可以毫無負擔地面對自己的恐懼，並且對此暢所欲言，文森感到新奇的同時，又讓他感到無比輕鬆愜意。

文森默認了堇青在家裡插放鮮花的做法，更向堇青道出一直以來的疑惑：「那種飛起來會一直掉粉的生物，妳到底喜歡牠哪裡了？」

文森可沒有忘記，雖然每次遇上蝴蝶時堇青都會出手替他驅趕，可她看著蝴蝶時的目光帶著滿滿喜愛。

堇青歪頭想了想，笑道：「牠們很漂亮不是嗎？」

文森一臉懷疑：「翅膀再漂亮還是會掉粉啊！而且牠的身體還是一條蟲，翅膀的顏色即使再美，可怎樣看都是長著翅膀的蟲啊！」

堇青笑容一僵。

蝴蝶被他這麼描述，都變得詭異起來了。

突然無法正視蝴蝶了怎麼辦!?

堇青爲可憐的蝴蝶辯護：「才不是呢，牠是從毛毛蟲努力變成漂亮的蝴蝶啊！那身體……那身體……才不是蟲！」

文森覺得堇青一臉認眞反駁的模樣有點萌，隨即又覺得這麼較眞的自己也太孩子氣了，失笑地伸手揉了揉堇青的頭：「是是，牠是阿堇喜歡的漂亮蝴蝶。」

堇青一副仍在生氣的模樣哼了兩聲，隨即要求：「文森哥，你今天陪我逛街作爲賠罪好了。」

以往假日，堇青都是留在文家陪伴文森，可現在她覺得雙方已經夠熟悉了，便想與他一起外出逛逛，好培養感情。

文森想著今天沒什麼要緊的事情，便應允下來。

旁觀整個過程的文老爺子，一直笑咪咪地沒有說話。直至他們吃完早餐離開後，文老爺子摸了摸鬍子，依舊維持著好心情地喃喃自語：「這丫頭說話做事一套接著一套的，似乎她對阿森也不是沒有想法的嘛！說不定很快，我便可以喝孫媳婦茶囉！」

菫青並不知道人老成精的文老爺子也看出她的小心思，而且還對此樂見其成。此時她正因爲與文森的初次約會而滿心雀躍，她軟磨硬泡地待在文森身邊這麼久，才終於獲得了與他一起外出逛街的機會，這次戀人眞的太難泡了！

菫青漫不經心地用手指繞了繞髮尾，心裡想著果然在法治社會裡，未成年少女的身分實在太能引起別人的罪疚感了嗎？尤其戀人還是這麼正派的一個人……

也幸好她很快就要成年，至少等她成年後，文森的顧忌應該會少一點吧？

或許她該早點實行跳級上大學的計畫？

盡快跳級升上大學對堇青有了迫切性，這次外出反正也沒有什麼特別想去的地方，便乾脆向文森提出到首都大學看看。

首都大學是全國最頂尖的大學，而且距離文家並不遠。文森本已做好一整天陪堇青到商場購物的心理準備，結果聽到少女的提議，意外之餘也鬆了口氣，欣然答應下來。

於是二人的首次約會便來到了首都大學。這裡學術氣氛濃厚，難得的是，綠化做得很好，環境非常優美。堇青覺得即使不懷著想要跳級而事先前來勘察的想法，這裡也很適合情侶約會時來散散步呢！

堇青與文森在大學裡逛了一下，對這所學校有了初步了解。她對這所學校的事了解並不深，可至少這裡的環境很符合她心意。而且首都大學既然能夠成爲國家第一學府，那麼學校的地位與實力便毋庸置疑，堇青決定要選這間大學作她將來就讀的學校。

既然心裡有了想法，要成功申請跳級轉校還需要文家的幫忙，因此堇青也沒有挾藏著，直接把她想要跳級的想法告知了文森。

文森聞言不由得訝異，他知道堇青成績一直不錯，只是她打算跳級升讀大學的話……以她現在的成績又過於勉強了。

堇青解釋：「我對醫學特別有興趣，一直有在自學醫療知識。何況以前的成績之所以不算頂尖，只是因爲我沒有盡力，對於跳級我還是很有自信的。文森哥，你就幫幫我嘛。不需要你幫我走後門，只要能請大學給我一個機會就好。要是我無法通過考核，我便會放棄，好不好？」

堇青一雙琥珀色的眸子水汪汪，充滿了期盼與懇求，文森在她小狗狗似的眼神攻勢下，實在堅持不下去，只得應允了她的請求。

「謝謝！你眞好！」堇青一臉驚喜地答謝。

文森素來對她直白卻又眞誠的話語沒有免疫力，同時又對堇青的話感到高興，嘴角不由自主地勾了起來。

「小青？」此時，一個堇青熟悉，卻又不想聽到的嗓音從二人身後響起。

堇青回首一看，果然是文君華。就是不知道這傢伙爲什麼會在這裡出現。

文君華顯然與她有著同樣的疑惑，他看了看文森，又看了看堇青：「二哥與小青你們……爲什麼會在這裡？難道……是小青妳打探到我今天會來首都大學，特意來找我的？」

這猜測讓文君華雙目一亮，看著堇青的雙眼滿是深情。

堇青忍不住翻了個白眼。

自戀是病，得治！

文森詢問堇青：「需要我幫忙嗎？」

堇青搖了搖頭，道：「請讓我自己解決就好。」

說罷，堇青便一臉無奈地對文君華說道：「你想多了，在這裡遇上你只是湊巧。至於我與文森哥今天爲什麼會來這裡，我想這是我的私事，就不告訴你了。」

說罷，她拉著文森便要離開。

然而文君華卻攔住了她，一臉焦急地解釋：「小青，妳說的對，堇菲菲她真的騙了我，自始至終她都只是在玩弄我的感情，我是真的錯了。」

堇青想不到文君華會突然擋在她身前，再向前走的話便要撞到對方身上。她只得停下腳步，心裡的無奈感更重了：「你知道堇菲菲騙了你，也認識到自己以前的錯誤，這很好。只是這與我無關，可以讓我離開了嗎？」

可惜文君華卻不願意就這麼讓堇青離開，他知道現在讓對方離開的話，那麼他們以後便沒有將來了。

「小青，妳再給我一個機會，我以後一定會很珍惜妳……」

堇青卻退後了一步，搖了搖頭道：「不，文君華，我們早就完了。沒有人會永遠待在原地等著你的。」而且那個願意在文君華每次毫不留情離開後，一直等待他的女孩子，已經不在了。

堇青的眼神很悲傷，卻也很堅定，文君華知道對方是真的不會回心轉意了。

文君華心裡還有很多想要挽留對方的話，然而最後卻沒有多說什麼，默默讓出了道路。

文森被堇青拉著快步離去，文森也看到剛剛少女難過的神情了，心裡充滿了擔憂。

堇青其實沒有文森想像中這麼難過，畢竟被文君華辜負的人是原主，並不是她，她只是爲原主感到可惜罷。

然而文森卻不知道這些，此刻他滿心想著要逗堇青開心，便想起首都大學的藍花楹遠近馳名，現在正好是花期，應該能夠看到花朵盛放的美景。

於是文森便上網查了下位置，帶著堇青過去賞花了。

走到學校的另一邊，他們果然看到一片夢幻的淡紫色。盛開的藍花楹不僅把天空染成了淡紫，落花在草地上也留下了點點紫色。

看見眼前的美景，堇青琥珀色的眸子頓時一亮，憂鬱表情一掃而空，臉上露出了燦爛的笑容，誰都能看出她的好心情。

見堇青喜歡，文森便買了些三明治，與她一起坐在藍花楹下野餐。

整個過程堇青一直維持著止不住的笑意，文森見狀挑了挑眉，揶揄道：「這麼高興？妳很喜歡藍花楹嗎？」並且心裡開始盤算著，也許在文宅種上幾棵藍花楹是不錯的選擇。

堇青笑道：「藍花楹是很漂亮沒錯，不過我這麼高興，是因爲你剛剛一直牽著我過來，沒有鬆開我的手。而且你不喜歡蝴蝶，平常都不會接近花朵，卻爲了安慰我而陪我賞花，我眞的感到很高興。」

文森聞言愣了愣，他想不到會是這種原因。

之前堇青拉著他離開，後來他想帶對方去賞花逗她開心，便反過來牽著她……

堇青不說，文森還沒發覺自己竟然牽著女孩子的手那麼久！

明明與堇青認識的時間不算很長，可不知道從什麼時候開始，有她在自己的身邊，竟然已如同呼吸般理所當然了。

堇青對文森的喜歡從來毫不掩飾，文森當然知道她爲什麼因爲這種小事而高興。聽到堇青的話，文森也不是不高興、感動的，只是……

彷彿看出文森的顧慮，堇青道：「文森哥，我不小了，很快便要成年了呢！而且不久後還要跳級上大學，當大學生了啦！」

文森失笑道：「還大學生……這麼有信心？」

堇青點了點頭，凝望著文森那雙寶藍色的美麗眼眸：「我很喜歡你，如果我眞的考上了大學，文森哥你可以稍微正視我嗎？不把我當作要照顧的小妹妹，而是將我視爲一個平等的異性，接受我的告白，然後給我一個答案。」

聽到堇青這麼直白的請求，即使文森再想迴避也沒辦法了。沉默良久，文森點頭：「我答應妳。」

堇青頓時露出燦爛的笑容，甜甜說道：「你眞好！」

文森立即覺得心臟受到猛烈攻擊，血條迅速被清空。

可惡……眞是好可愛啊……

要不是知道堇青是這種說話特別直接的性格，文森眞的會以爲她在故意撩他。

至於堇青眞的不是故意的嗎？

目擊了全程的團子表示：呵呵！

這天一下便獲得了與文森逛街、牽手和野餐的成就，還得到了對方願意正視她感情的承諾，堇青心情非常愉快。

偏偏在此時，她又遇上了討厭的人。

堇青看著遠處的堇超然與一個不認識的俏麗女子路過時，心裡忍不住想著今天到底是什麼日子，怎麼盡是遇上些討厭的人？

堇青反應迅速地用手機偷拍了兩人幾張照片，看到一旁文森沒注意到他們，堇青便沒有告訴他。

今天遇上文君華已經很掃興了，堇青不想與堇超然有什麼交集，決定裝作沒看到他，眼不見爲淨。

堇青並不認識與堇超然在一起的女子，對方長得很漂亮，看她的衣著與年紀，像是從學校出來的大學生。

堇超然與女子並肩而行，雖然雙方保持著禮貌的距離，然而臉上的神態卻很親暱曖昧。

「咦！是她？」團子驚呼道，不待堇青詢問，便道出自己知道的事情：「有次我監視堇超然的時候正好是下雨天，看到堇超然好心載這個女人到學校。」

堇青聞言，心裡冷笑道：「我才不相信堇超然這個無利不早起的人會這麼好心。要不這女人有他想要的東西，要不便是見色起意。」

聽到有狀況，團子立即一臉好奇地去刺探敵情：「我去聽聽他們在說什麼。」

團子的聲音消失了好一會兒，再次在堇青腦中響起時，只聽它驚奇地道：「青青，他們在調情耶！」

說罷，團子八卦地與堇青熱烈討論：「妳說堇超然在想什麼？他不是已經有姜顏這個真愛了嗎？忍辱負重這麼久才如願把真愛娶回家，二人連女兒都有了，現在卻又與別的女人……這女的年紀都可以當他女兒啦！」

堇青對於堇超然這種人，是一萬個看不起：「堇超然這個人嘛，他與姜顏的感情之所以這麼好，是因爲他們當年有許家千金這個共同的敵人。董超然在享受娶了許家千金所獲得的利益的同時，卻又將對方的存在視爲對他的折辱。董超然把許家千金想像成拆散他們的惡人，像個情聖似地把姜顏視爲眞愛。而姜顏又確實是個很聰明的女人，她把董超然視爲人生最大的投資，自然會好好討好他。而她也賭贏了，最後成功入住了董家，成爲了董夫人。」

說到這裡，堇青充滿嘲諷、又幸災樂禍地道：「只是，讓他們玩『情聖遊戲』的敵人不在了，兩人的感情反而沒有以前堅固。再加上董菲菲坐牢時董超然都在忙著爭奪我的監護權，根本沒空去理會董菲菲，這事情絕對足以令董超然與姜顏的關係生出裂痕。團子你不是查到姜顏在偷偷轉移許氏的資金嗎？既然姜顏也有自己的打算，那麼董超然在外面多出一個『眞愛』，也不足爲奇吧？」

團子聽到堇青的解釋，只得嘖嘖稱奇地表示：貴圈眞亂！

堇青請求道：「團子，你可以幫我查一下這個女人嗎？」

團子本就對這種八點檔般的恩怨情仇特別好奇，心裡早已打算去好好八卦一番。現在獲得了堇青的請求，更是幹勁十足：「包在我身上吧！」

想不到與文森逛了一趟大學，便碰到堇超然出軌，堇青甚至有種預感，憑姜顏與堇超然二人自私自利、睚眥必報的性格，只要他們互相生出不滿，也許不用堇青出手，光是兩人狗咬狗便能夠把自己作死了。

團子很快便將女子的身分打探出來，然而得知女子的身分時，就連見慣風浪的堇青也忍不住露出了驚訝的神情。

堇超然這個新歡名叫王嘉欣，她檯面上的身分是女大學生，但其實是個專業的愛情詐欺犯！

堇青驚訝過後，忍不住噗哧地笑了出來。心想堇超然這是什麼運氣呀……堇家這次真的精彩了！

也難怪堇超然與「眞愛」這麼多年來一直沒有別人介入，可是與王嘉欣認識不了多久，便打得火熱。近期他們爲了堇菲菲的事情鬧矛盾是一點，最主要的是，

「真愛」姜顏的手段再高，也高不過王嘉欣這個專業的嘛！

除此之外，還有一件讓董青感到震驚的事情，便是王嘉欣懷孕了！

董青忍不住吹了一下口哨，心裡揶揄著董超然寶刀未老。

不過很快，事情又再峰迴路轉，經過八卦之火熊熊燃燒著的團子求證後，竟發現王嘉欣懷孕的事是假的！

王嘉欣之所以假懷孕，只是想從董超然那裡騙錢而已……

甚至她還想著董超然已有兩個女兒了，即使他並不重男輕女，但沒有的東西總是最好，因此王嘉欣故意告訴對方自己懷的是男胎。果然，董超然高興得不得了，甚至還生出與姜顏離婚、改娶王嘉欣的打算。

對於假懷孕、打算幹完這一票便離開的王嘉欣來說，董家夫人這個位子她實在無福消受。因此她嚶嚶嚶地表示自己不想破壞董超然的家庭，非常白蓮花，也讓對方特別感動。

董青覺得董家的事情實在太精彩了！這場三角戀的主角們年紀加起來都有一百

歲了，感情生活還如此多采多姿，而且劇情進展完全讓人預想不到！

堇青眼珠一轉，想到一個好主意：「王嘉欣撒了這麼大的謊，騙不了堇超然多久，到時候便沒戲看了。團子，你說我把王嘉欣的存在告訴姜顏好不好？讓他們王對王，必定很有趣。」

團子雙目一亮：「好主意！」

堇青笑嘻嘻地黑進了姜顏的電腦，發出一封匿名郵件給她。裡面有她那天偷拍的照片，還附上王嘉欣女大學生的假身分、她的地址，以及對方已經懷了堇超然孩子的訊息。

姜顏得知此事後大爲震怒，雖然她偷偷轉移了許氏資產到自己的私人戶頭，然而她這樣做也只是自保而已，心裡對堇超然還是有感情的。

更何況，當年她委屈自己做了小三，犧牲了這麼多才與堇超然在一起，姜顏覺得這些都是堇超然欠她的。

可堇超然現在卻找了另一個年輕貌美的女人，對方還將要爲他生兒子了。那麼她這些年來的犧牲，以及爲這個家的付出，豈不成了笑話!?

姜顏行動力十足地前往王嘉欣的住處，並成功在門口堵到了人。

這兩個女人劍拔弩張地互相打量彼此，並不知道有雙眼睛正把她們當八點檔劇般，興致勃勃地看著她們的一舉一動。

聽著團子的現場直播，堇青甚至還準備了花生邊看邊剝著吃呢！

第七章・小三的戰爭

姜顏看著眼前這長相美麗，最重要是比她年輕得多的王嘉欣，充滿怨恨地握緊了拳頭，就連掌心被指甲戳破都沒有察覺。

「這不是菫夫人嗎？妳好。」面對姜顏殺人般的目光，王嘉欣卻沒有在意，她嬌笑著向對方打了個招呼。不知道內情的人，還以為她們感情有多好呢！

王嘉欣淡定的神情激怒了姜顏，她怒不可遏地斥喝：「看到我還這麼鎮定不當一回事，果然妳這個當小三的就是厚顏無恥！妳這是看不起我嗎!?」

王嘉欣陰陽怪氣地笑道：「哎呀，妳可別這麼說。我充其量只是個小四，前輩妳才是那個當小三的，我看不起誰也不會看不起前輩妳呀！首都的上流社會誰不知道前輩妳小三上位？妳身為我的前輩，我尊敬還來不及呢！」

聽到王嘉欣一口一個「前輩」，姜顏更是氣炸了。她最痛恨別人取笑她當過小三，現在被這個破壞她家庭的女人一番嘲諷，眞是快要被對方氣死。

姜顏氣歸氣，卻沒有忘記此行的目的。領教過王嘉欣的厲害，姜顏也不敢與對方耍嘴皮子了，直接把要求和盤托出：「我知道妳懷了我丈夫的孩子，妳糾纏我丈夫只是想要錢吧？現在跟我去把孩子打掉，我事後會給妳一筆可觀的補償。要是妳不願意也無所謂，只是這孩子妳是一定生不下來的，我勸妳別敬酒不吃吃罰酒！」

說罷，姜顏甩出一張鉅額支票。

見王嘉欣笑咪咪地收下支票，姜顏暗暗鬆了口氣。她是無論如何也不會讓對方把孩子生下來的，沒有孩子的狀況下，這個女人已如此難纏，要是生下孩子，而且還是個男孩的話，到時候王嘉欣還不被董超然寵上天？

要是王嘉欣不合作，姜顏也不是沒有辦法對付她，只是手段就不怎樣光明了。若是能夠不犯法，姜顏還是希望可以和平解決。

王嘉欣看了看支票上面的金額，滿意地笑道：「前輩出手果然闊綽！放心，我不會把孩子生下來的。」

看到王嘉欣收下支票便要離開，姜顏連忙拉住了她：「等等！妳不能就這麼離開，妳現在跟我到相熟的診所，立即把胎兒打掉。」

「前輩放心，我說得出做得到，孩子是一定沒有。」說罷，王嘉欣用力拍了拍自己的肚皮，力道大得發出了響亮的啪啪聲：「反正我根本就沒有懷上，安全措施我可是有做足的！」

姜顏無法置信地喊道：「這不可能！」

她想說王嘉欣騙人，然而現在王嘉欣纖腰盈盈一握，月分絕對不大。這麼小的月分，她也敢大力拍打肚子……

姜顏的表情逗笑了王嘉欣，她笑道：「前輩，當年妳挺著肚子上位，把原配逼得自殺，原配所生的長女只能活在妳女兒的陰影下，我真的很敬佩妳。可現在時代不同了，用孩子來掌控男人效率太低，回報又不高，我才不會這麼傻呢！即使我成功上位，待我人老珠黃的時候，自然會有比我年輕貌美的人取代我。倒不如多釣幾個有錢男人，把錢拿到手才是最實際。所以我根本沒有懷孕，懷孕會讓我身材走樣，還多了個累贅，我才沒那麼愚蠢呢！」

見姜顏目瞪口呆，王嘉欣笑得更加高興了：「其實我不貪心，錢嘛，我在堇超然身上拿的已差不多足夠了。今天妳不來找我，我也正打算要離開這裡。我們就當沒有看過對方，我拿著錢遠走高飛去釣別的男人，前輩妳繼續好好當妳的堇夫人，這不是很好嗎？」

如果說之前王嘉欣那幾聲「前輩」讓姜顏感到屈辱，那麼她所自豪的「堇夫人」的地位被王嘉欣嗤之以鼻一事，更令姜顏無法接受。

姜顏看出王嘉欣這番話是真心的，與其花心思與她搶男人，王嘉欣寧可多釣幾個有錢人！

看到姜顏大受打擊的模樣，王嘉欣微笑著向她揮了揮手，便舉步離開了。

目擊了全程的團子：「……」

從團子口中了解令人匪夷所思的小三與小四會面過程的堇青：「……」

王嘉欣利用一個子虛烏有的男胎，既騙得堇超然給了她諸多好處，還從姜顏那裡拿了張鉅額支票，真是好手段！

同樣都是當情婦，兩人的等級明顯差遠了啊！姜顏這個前輩替她提鞋也不配！

雖然王嘉欣讓堇青看了場好戲，還耍了堇超然與姜顏這兩個堇青討厭的人，不過堇青可不打算就這樣放過她：「團子，你幫我注意一下王嘉欣的去向。」

團子疑惑地問：「青青，妳要替堇超然他們去找她麻煩嗎？」

堇青聳了聳肩，道：「我恨不得他們被人騙得更慘呢！只是堇超然與姜顏的錢都是來自許氏集團，認真說的話，那些都是我的錢呀！」

團子這才想起：「對喔！」隨即又詢問：「放心，我一定會看著她，可青青什麼時候去找她把錢拿回來？」

堇青道：「這事先放到一旁，也許待我正式繼承許氏後再去吧！我現在有更重要的事情要處理，唉……到底上大學唸什麼學科才好。」

團子對堇青可謂信心滿滿：「青青想學什麼都可以，無論什麼，青青一定都可以做得很好！」

「當然。」堇青毫不謙虛：「不過我要選個專業來發展，可以挑的選項太多，有點眼花撩亂了。」

團子建議：「這時代很和平，青青選有興趣的科目發展就好。不如主修音樂？有過之前當音樂家的經驗，青青妳一定能夠讓這個世界的人大吃一驚的！」

如果沒有功德金光，也許堇青的確會如團子建議般，選些休閒娛樂類的方向發展，反正她有信心，無論在哪個領域都能做得很出色。

只是堇青卻想盡量多收集那些對她靈魂大有裨益的功德金光，那麼她便要對這個世界做出重大貢獻才行。

最終，堇青決定選擇她擅長的醫術，當一個救死扶傷的醫生。

有了想法後，堇青便不再爲上大學的事情苦惱。有過多世行醫的經驗，堇青不認爲她會止步在小小的首都大學前。

好歹她也曾是皇帝都要禮遇的神醫啊！

王嘉欣雖然如姜顏所願般離開了，只是她的一番話卻大大刺激了姜顏。姜顏只要想到堇超然在外面包養了別的女人，她便覺得很沒安全感。

這次是遇上王嘉欣這個完全不想上位的奇葩，可下一次還會這麼好運嗎？

萬一下次堇超然包養的女人想要當堇夫人，那對方會不會像她當年一樣，大著肚子來堇家逼她退位？

不！絕對不行！

我當年忍氣吞聲當見不得人的小三，可不是爲了在人老珠黃時給別人讓位的！

雖然不甘心，可姜顏心裡明白，一個男人的心野了以後，無論怎樣都無法把他拉回來。何況家裡素來都是堇超然的一言堂，姜顏實在管不了他這麼多。

於是姜顏便更積極地盜取許氏的資金，以前只是低調轉移，可現在卻簡直像是想要淘空許氏一樣。姜顏心裡充滿了危機感，她決心要在堇超然拋棄她以前盡量多拿些好處，這些都是她應得的！

至於堇超然，他在不久後發現王嘉欣離開了。

堇超然實在想不出對方挺著大肚子，到底會去哪。結果他找人私下調查，便查到了在王嘉欣消失那天，曾被姜顏堵在門外。兩人更交談了好一會兒，而且氣氛似乎非常不愉快。

董超然立即想到必定是姜顏做了什麼才把王嘉欣逼走了！他想去質問姜顏，然而被妻子揭發了他在外面包養女大學生，董超然終究有點心虛。加上現在董家正值動盪時期，他還在與文家爭奪董青的監護權，此時並不宜讓姜顏把事情鬧大。

最終董超然只得放下這事情，在姜顏面前裝作什麼也沒有，偷偷讓人去尋找王嘉欣的下落。

同時董超然心裡也對姜顏生起了不滿，覺得對方也太善妒，一點兒也沒有當家主母應有的氣度。他已經把王嘉欣養在外面了，又沒有帶回家，犯得著把人逼走嗎？對方還懷著他的孩子呢！

這對曾經非常恩愛的夫婦，已各自在心裡生出了怨恨。然而表面上仍維持著深愛對方的模樣，完全演繹了什麼叫作「貌合神離」。

此時堇青卻顧不上堇家那邊了，她現在正努力惡補著這個世界的各種知識。

之前她把事情想得太簡單了，雖然她有著深厚的醫術知識，然而高中課程對堇青來說已是很久遠以前的事情了，許多內容她只有一個模糊的印象。更何況，即使是背景相近的世界，彼此之間的知識也有著些微差異。

要跳級升上大學，堇青要先完成一個評估她能力的考試。在此以前，她只得悲催地投入了學習的海洋，好好惡補一下考試會用到的各種知識。

幸好原主的學習很紮實，有原主記憶支撐，再加上堇青本就學識淵博，對於這世界的知識，她雖感到生疏，但複習一會後，埋藏在心底裡的相關記憶便被喚醒。

就在眾人各自忙碌之際，因意圖謀殺而被判入獄的堇菲菲，終於刑滿出獄了！

雖然入獄時間其實很短，可對少女來說，獄中的生活簡直度日如年般悲慘。出獄後，她覺得簡直像在地獄走了一趟。看到前來接她出獄的父母，忍不住撲到他們懷裡失聲痛哭。

尤其在堇菲菲知道自己就讀的貴族學校，因爲她做出的事而對她做出了懲處。

要不是父母多方爲她奔走，學校甚至差點要讓她退學，堇菲菲更是惶恐萬分。

堇菲菲實在無法想像，自己回到學校後會受到怎樣的排擠與霸凌。

堇菲菲的顧慮並不是沒有道理的，確實如同她所擔心的，當她回到學校後，獲得的並不是同學們熱烈的歡迎，而是殘忍、無休止的霸凌。

所有原主曾受過的痛苦，堇菲菲都經歷了一遍，甚至因爲她這次做的事情嚴重且罪證確鑿，那些人下手的程度比對原主更狠。

短短幾日，堇菲菲只要想到上學，腿便打顫，哭喊著不肯去學校。

堇超然與姜顏被堇菲菲鬧得頭都大了，而這件事當時鬧得網上人盡皆知，即使轉校，情況也未必有所改善。

現在他們無比後悔當時爲了對付堇青，主動把事情放到網路上。誰知道文家竟然這麼歹毒，保留著監視影像卻默不作聲。看他們像跳梁小丑般上跳下竄，最終丟盡了顏面。

最後堇超然決定把堇菲菲送出國，姜顏雖然不捨，但也知道這樣對女兒最好。

姜顏想著先讓董菲菲出國一段時間，風聲過去後再把她接回來就好。此時姜顏已經轉移了許氏鉅額資金，荷包鼓了起來，便偷偷塞不少錢給董菲菲。董菲菲見狀也不傷心了，帶著大筆零用錢開開心心地出國。

然而姜顏卻沒想過，董菲菲的性格本就有點野。有父母看管的時候已經沒少折騰，現在獨自一人出國還身懷鉅款，她就像脫韁的野馬般，在國外大玩特玩。

外國人很放得開，能夠玩的東西可比國內多了。董菲菲長相漂亮出手又闊綽，很快便成爲各種派對的常客。於是，最終她染上了毒癮，母親給她的大筆金錢，都被她拿來買毒品去了。

董青從團子口中得知董菲菲的現狀時，忍不住驚訝於對方的作死能力，同時又在心裡爲姜顏對女兒的溺愛打了個負評。

姜顏對董菲菲的愛毋庸置疑，可是她的溺愛卻是把女兒推向地獄的推手之一。董菲菲本就自制力差，此時她遠離了長輩，更容易被身邊朋友煽動，給她這麼多錢，豈不是害了她嗎？

在堇青吐槽著姜顏那失敗的育兒經驗的同時，文森已安排好堇青跳級的申請。堇青要到首都大學接受連串考核，讓大學知道她現在的水平。考試題目艱澀深奧，然而卻難不倒堇青，最終讓她以令人驚歎的高分通過試驗。

雖然文森看到堇青表現得這麼有自信，已猜到她的成績應該不錯。然而當首都大學的校長興奮地親自打電話給他，一副深怕會失去堇青這個天才，以驚歎的語氣向文森道出堇青的成績時，他還是被少女獲得的高分震驚到了！

明明這孩子之前的成績沒那麼優秀，這突飛猛進的程度也太驚人了吧？

難道她之前是故意隱藏實力？

也對……阿堇之前在堇家並不受寵。要是她表現得太出色，還不知道會被姜顏與堇菲菲怎樣欺負……

文森想著想著，便把堇青往忍辱負重、隱藏實力的方向想去，堇家莫名其妙地再次被文森記恨了。

心裡想著堇青在堇家被欺壓時的小可憐模樣，文森走到玻璃花房通知堇青跳級考試的成績時，看著少女的眼神充滿了憐惜：「阿堇，考試成績出來了。」

文森的表情令堇青一頭霧水。

喂喂！這是什麼憐憫的眼神？

難道我的成績很差嗎？

不應該啊！

文森的表情害原本充滿自信的堇青不淡定了，戰戰兢兢地詢問自己的成績。

見堇青困惑的神情，文森不希望她因此想起在堇家悲慘的日子，假咳了聲，收斂著臉上憐憫的表情，隨即微笑著把分數告訴她，一臉與有榮焉。

從文森那聽到預期中的好成績，堇青這才鬆了口氣，隨即也露出高興的神情。心想也不枉她這段時間的努力了。

文森道：「校長親自打電話來，他非常歡迎妳成為首都大學的一分子。我約了他明天會面，到時候妳準備一下，看看想往什麼方向發展。以妳的好成績，我相信無論妳選擇什麼學科，校長都會盡量滿足妳的要求。」

堇青點了點頭，隨即嚴肅著臉道：「轉校的事情先放在一旁吧！現在我們有更重要的事情要談。」

文森立即想起當初他們的約定，心裡也猜到了堇青接下來要說什麼，心跳不禁加快起來。

從小他便很冷靜，鮮少有事物會讓他失去方寸。現在卻因爲一個少女將要說的話而緊張起來，可文森一點兒也不討厭這種感覺。

他喜歡……這種心臟會爲了堇青而激烈跳動的感覺。

堇青仰起頭，一雙濕漉漉、如同幼鹿般的雙目直視文森，語氣帶著前所未有的堅定與鄭重：「文森哥，我很喜歡你，請你與我交往！」

文森看著向自己表白的堇青，腦中閃過不少他們在一起時的片段。

有第一次見面時，她渾身濕透、非常狼狽的模樣。

有網上出現滿滿抹黑言論，她找自己幫忙時的一臉忐忑。

有她發現自己害怕蝴蝶，卻又嘴硬地堅不承認時，忍俊不禁露出的可愛笑容。

有兩人相熟後，她向自己撒嬌時的嬌憨可人。

一幕幕影像浮現，竟彷如昨日般清晰。與堇青在一起的記憶明亮無比，她就像是令自己人生變得鮮活的一抹色彩，不知不覺間，已經在自己生命中佔據了重要的一席之地。

自己對她的關懷與幫助，不再是因爲兩家的交情，而是出於對她的喜愛。

文森恍然想著：我也是喜歡阿堇的吧？

既然如此，還有什麼好顧忌呢？

看著眼前告白後固執等待著答案的堇青，文森上前把她抱在懷裡：「真好，我也喜歡妳。」

第八章・情定

堇青心裡暗暗鬆了口氣。

戀人到底有多固執，與他一起經歷了這麼多世時光的堇青又怎會不知道？

堇青眞怕他認定了不能對未成年出手，堅持拒絕她的感情，害她還有得磨呢！

幸好每次遇上自己，戀人的堅持總會爲了自己而退讓。

堇青高興地回抱文森，過了好一會，把頭埋在對方懷裡的堇青這才仰起臉，雙目閃閃發亮，臉頰紅彤彤地詢問：「所以現在，你是我的男朋友囉？」

文森被堇青逗笑了：「當然，我們正式交往了嘛。」

堇青道：「那麼，你以後要對我好。」

聽到堇青這麼孩子氣的發言，文森不由得失笑，想著逗逗她而詢問：「我現在不就對妳很好了嗎？還能再怎樣好呢？」

然而文森這疑問卻一點兒也沒有難倒堇青，她脫口而出：「親親抱抱舉高高？」

文森聞言愣了愣，隨即忍不住開懷大笑。

這丫頭眞是個活寶！

在堇青的驚呼聲中，文森輕而易舉便把她舉了起來。別看文森看起來文質彬彬是走氣質路線，其實他經常健身，絕對是穿衣顯瘦，脫衣有肉的代表！

堇青想不到對方說做就做，被文森高高舉起，堇青的視野頓時變得廣闊起來。嗅著四周的花香，聽著戀人開朗的笑聲，堇青也不禁高興地笑了出來。

文森看著堇青的笑顏，不由得看呆了。

堇青舒展眉眼笑起來時，彷彿四周變得明亮了起來。文森覺得堇青笑起來真的很好看，可惜她以前沒有自信，總是低垂著頭、眼神閃躲，不然以她現在這副小太陽的模樣，只怕在學校會比堇菲菲還要受歡迎吧？

堇青拍了拍文森的手，示意他把自己放下，仰起了臉笑道：「抱抱與舉高高都有了，那親親呢？」

文森聞言臉上一紅，看著堇青純真的笑容，他差點兒便覺得這丫頭在故意撩撥他了！

看到文森滿臉通紅的模樣，堇青在心裡大呼這一世的戀人好純情、好可愛，邊

一臉疑惑地歪了歪頭：「不可以嗎？」

喜歡的人如此直白地誘惑著自己，文森要是還把機會往外推，那麼他都不是男人了！

文森呢喃道：「不……我很樂意……」

說罷他垂首，溫柔而情深地吻住他所喜歡的人。

別看文森總是一副被動的模樣，其實他心裡明白，他早就喜歡上堇青了。

要是他真對堇青沒有任何心思，又怎會去糾結她的年齡？

二人氣息略帶凌亂地分開，文森看著堇青亮晶晶的眼眸，克制住想再吻上去的衝動，從衣服口袋取出早已準備好的禮物。

「這是？」堇青接過文森遞出的禮盒，心裡突然想起前幾輩子戀人曾送給自己掌心雷的黑歷史……

「之前妳不是說，要是成功考上大學，便讓我坦誠面對自己的心意嗎？」文森有點羞澀地道：「所以我便準備好禮物，打算等妳考上大學後向妳告白……誰知道妳的動作這麼快。」

見文森一副不甘心的模樣，堇青忍不住勾起嘴角。並想著這是文森花了心思買給她的禮物，無論錦盒裡是怎樣稀奇古怪的東西，她都一定要表現出喜歡的模樣。

堇青打開錦盒後，卻發現裡面並不是她所以爲的奇葩神物，而是一條非常精緻漂亮的蝴蝶項鍊！

吊墜以銀線組合成縷空的蝴蝶形狀，蝴蝶的中心位置則是一枚帶著灰藍色調的紫色堇青石，這份禮物出乎意料地合乎小女生的心意。

堇青讓文森替她戴上項鍊，笑道：「我以爲你討厭蝴蝶。」

文森誠實地說道：「是不喜歡沒錯，可是妳喜歡不是嗎？」

聽到文森這句話，堇青心裡生起了無限感動。

這種發自肺腑、眞誠地以對方的喜好爲優先的話語，可比最動聽的甜言蜜語更加能打動人心。

堇青感動地抱住了文森，仰首時那雙琥珀色的眸子裡彷彿滿載星辰：「我眞的好喜歡、好喜歡你！」

成功與戀人再續情緣，又在跳級考試中獲得好成績，堇青覺得這一世完滿了。要不是堇家屢屢作死，在團子興致勃勃地來與她分享八卦時，堇青都幾乎要忘記這家人了。

「青青，堇菲菲在國外吸毒被捕，強制關進了戒毒所。堇超然因為這件事情順藤摸瓜地查出了堇菲菲之所以有這麼多錢購買毒品，都是因為姜顏把偷偷轉移後的許氏資金據為己有，並且把一部分錢給堇菲菲當零用錢所致。現在堇家都吵翻天了！」

在團子與堇青興高采烈地看好戲的同時，堇超然正與姜顏展開激烈的爭執。

堇超然把調查到的資料甩到姜顏面前，氣得七孔生煙：「妳這個賤人！妳說我這個位子被那麼多人盯著不方便出手，讓妳的親友幫我把資金轉移，結果卻轉移到妳自己的荷包裡？我對妳這麼好，妳竟然伙同妳那些親戚想要淘空公司？我當初就不該心軟，娶了妳這個心腸歹毒的賤人，還聘用妳那些不知感恩的蛀蟲親戚！」

資金的去向被堇超然發現了，姜顏知道以對方的多疑，再也不會相信她。正好，她也忍夠了，既然他們已經撕破臉，姜顏便可以盡情宣洩自己的不滿。

一改平常在堇超然面前溫柔賢淑的模樣，姜顏冷笑道：「你對我好？你所謂的對我好，就是在外面玩女人，甚至連孩子都有了嗎？」

堇超然露出果然如此的神情：「妳果然知道嘉欣的存在！她到哪裡去了？是不是妳逼走她的!?」

見堇超然完全沒有歉疚，還反過來質問自己，姜顏更加生氣了，斷了原本想把王嘉欣眞面目告訴他的心思，故意刺激堇超然道：「呵！你的心裡還想著那個女人，我告訴你，你別痴心妄想了。想要兒子？那個女人懷著的孩子已經沒了，我也讓她滾得遠遠的！」

堇超然成功被姜顏誤導：「妳果然強逼嘉欣墮胎！還有許氏的資金……妳這種毒婦我可不敢再留在身邊，誰知道妳還幹得出什麼事情？我們離婚吧！堇家的錢一個子兒也不會讓妳拿走，還有許氏的資金，妳要是不吐出來，可別說我不顧舊情，報警處理！」

聽到堇超然絕情的話，姜顏頓時紅了眼，把心一橫，反威脅道：「好呀！你去報警吧！順道我還可以告訴警察，你的前妻根本不是自殺，是被你殺死的！」

原本一直看著二人爭吵、興奮莫名的團子，聽到姜顏這句話後瞪大雙目，立即一改看熱鬧的八卦神情，認眞偷聽他們爭吵的內容。

堇超然神色大變，雖然他已極力保持鎭定，可仍能看出心虛與不安：「妳在胡說什麼？」

姜顏冷哼了聲：「你不用否認了，我當時親眼看見的。你不知用什麼方法把她迷昏，然後在浴缸放了一缸暖水把人泡進去，並且將她的手腕割破，布置成她自殺的假象。你還怕她死不掉，全程在旁看著，她的手腕開始止血時還補了兩刀，生生讓她失血過多致死。然後你再裝作慌張地報警，說產後憂鬱的妻子割腕自殺！」

聽到姜顏語氣中的肯定，以及話裡提及的細節，堇超然知道她是眞的看到了自己當年殺妻的過程，而不是拿話來試探自己。

　　堇超然皺起了眉，道：「就算妳看到又怎樣，她的屍體早已火化，又死了這麼多年，有什麼證據都查不出來了。到時候我可以說妳記恨我報警告發妳盜取許氏資金，妳故意用我前妻的死來誣衊我。」

　　姜顏笑道：「你不用試探我，雖然當時我嚇得大驚失色，一心只想逃離現場，裝作什麼事也沒發生。但想到你連前妻都殺了，說不定將來也會有想殺我的時候。我想著你殺妻的證據能夠在必要時用來自保，便偷偷回房取了相機，把你殺人的過程拍了下來。」

　　見堇超然聞言後瞬間充滿殺意的眼神，姜顏心裡頓時警鐘大響，連忙道：「你別想著殺人滅口，東西我交給了信任的人，如果我死，那些照片便會立即被人公開！」

　　堇超然不確定對方是在嚇唬他，還是眞的有所謂的照片，並且早已做好安排，可只要姜顏的話有一定的機率是眞的，他也不敢輕舉妄動。

堇超然素來能屈能伸，他立即調整了臉上的表情，收起凶狠與殺意，一往情深地道：「妳怎能這麼傷我的心，用這件事情來要脅我？難道妳不知道我之所以會這麼做，全都是爲了妳嗎？要不是爲了讓妳成爲名正言順的堇夫人，我又怎須揹負上人命!?」

如果是以前，姜顏也許還會因爲堇超然表現出來的情深而心軟動搖。可在這段時間裡，姜顏已經看清楚他的眞面目。面對堇超然的賣力演出，姜顏無動於衷地嘲諷：「你不是爲了我，你只是爲了你自己。」

說罷，姜顏打斷對方還不死心的情深演繹，開出了條件：「你想離婚的話，那便離吧！只是菲菲要跟著我，而且你不能追究我盜用許氏資金的事情。只要我一直平平安安的，便不會公開你的事情。不然……就別怪我不顧夫妻情分了！」

堇超然腦裡飛快計算了一番利弊，覺得要是姜顏說話算數，那麼順著姜顏的要求去做，他也不算吃虧。

堇菲菲這個女兒殺過人，還在國外吸毒被抓，簡直丟盡他的顏面。這種女兒不要也罷，給姜顏養正好。

至於姜顏盜取的資金雖然數目不少，只是現在許氏還是由他管理，他有得是機會可以補上這個資金的缺口。

用錢買平安，堇超然覺得這筆生意還是很划算。

當然，前提是姜顏得了好處便收手。要是她想利用那些照片勒索他，那麼他也不是吃素的！

心裡把事情利弊衡量過一遍後，堇超然接受了姜顏的條件。

團子聽到這裡，見兩人也沒什麼重要事情要說了，便立即告知了堇青。

堇青聞言感到很意外，想不到原主的母親竟然不是自殺，而是被堇超然殺害，這事情就連原主也不知道！

堇超然在原主成爲植物人後，向她說了很多事，就連他覬覦許氏故意接近許家千金的事情都說了。想不到他竟瞞著原主這麼一件大事，顯然對於堇超然來說，手上的人命是他要帶入棺材的祕密。要不是這次被姜顏說了出來，團子又正好監視著他們，堇青還真不知道有這麼一件事！

「青青，妳打算怎麼辦？」團子詢問。

堇青想了想，道：「現在還不能報警。首先我們不知道姜顏手上是不是真的有照片，還有這些照片到底藏在哪裡。現在最重要的，是找到證據，不然只怕會打草驚蛇。」

團子立即毛遂自薦：「我可以幫忙監視姜顏！」

說罷，團子卻又猶豫了：「只是堇超然那個壞蛋那麼壞，青青妳快要繼承許氏了，他很可能會對妳出手……」

聽到團子這麼擔心自己，堇青的眼神柔和下來，道：「團子你去盯著姜顏沒關係，堇超然那傢伙，我自有方法應付！」

團子素來很信任堇青，堇青有能力，而且不會勉強自己做超出能力範圍的事情。既然她說有辦法對付，那就完全不用它擔心。

因此團子放下這事情，拍著胸口說會好好監視姜顏後，便去進行任務了。

至於剛剛一副御姊模樣、很霸氣說自有方法應付的堇青，在團子離開後，瞬間氣質一轉，變回軟萌的人設找文森去了。

「阿堇，怎麼了？」見堇青一副受到天大委屈般的神情，文森頓時緊張起來。

堇青猶豫了片刻，這才鼓起勇氣地說道：「文森哥，我們現在是情侶了，是很親近的人，我有些事情想對你說。」

看出堇青的不安，文森鼓勵道：「阿堇，妳可以信任我，有什麼事放心說吧。」

堇青點了點頭，道：「其實……在我還住在堇家的時候，有次經過爸媽……爸爸與姜顏的房間時，聽到他們在談論我的事情。」

「他們說話聲音很小，可斷斷續續我還是能聽到一些。內容大約是偽裝成綁匪的人已經聯絡好了，還聽到一些字詞，比如許氏、綁架、成年、贖金、殺死……還有提到我的名字……後來兩人不知怎樣吵了起來，姜顏還說她有堇超然殺死前妻的證據。」

說到這裡，堇青已忍不住驚惶起來：「那時候我雖然覺得很奇怪，可當時的我並不知道家裡這許多內情，因此完全聽不明白他們在說什麼。只是從他們的語氣與聽到的隻字片語，能夠猜測他們談論的似乎並不是什麼好事。因此我沒有驚動到他們，偷偷離開了。」

堇青驚恐地看著文森，道：「原本我已經把那天晚上的事情忘記了，只是發生了這麼多事以後，在我得知我的親生母親已經死去，而許氏集團並不屬於父親，而是母親留給我的遺產，待我成年後便能夠繼承……我突然聯想到那天所聽到的父親與姜顏的討論……」

聽堇青說到這裡，文森的臉色已黑得嚇人。當然，他這怒意不是衝著堇青，而是衝著那對貪得無厭的夫婦而來。

文森抱緊少女，安慰地拍了拍她的背：「放心，我絕對不會讓妳受到任何傷害的。至於伯母的死因，我也會調查一番，絕不讓她含冤而死。」

堇青其實一點兒也不害怕，她相信文森一定會好好保護她的。

剛剛她所說的純屬虛構，無論是她還是原主，都從未撞破過堇超然與姜顏的密談。只是話裡所提及二人談論的內容，卻不是子虛烏有，而是來自原主上一世在病床上聽到的、堇超然的計畫。

堇超然也許永遠想不到，他的報應不是不報，只是時候未到。他上一世在原主病床前肆無忌憚地道出綁架計畫，殘忍地向無辜的原主炫耀他的天衣無縫。那時候的堇超然一定想不到，有一天他的計畫會因為這刻的囂張而破滅。

為免引起文森的懷疑，堇青無法說得太詳細，以免多說多錯。可是堇青對文森很有信心。

堇超然對上文森，雙方的實力根本就不在同一個等級嘛！

得知堇超然與姜顏想要堇青的命，文森怒不可遏的同時，還感到一陣後怕。要不是當時堇青機警，沒有驚動任何人便回到房間，堇超然與姜顏會不會為了滅口，一不做、二不休地親手把她殺死？

文森不想嚇到膽小的戀人，他壓下心裡的怒火，溫柔地把人送回房間後，這才一臉震怒地打電話給助理，並下達了一連串指令。

文森手下能人輩出，每個人都出類拔萃。很快地，堇超然這段時間的行蹤與通訊記錄便出現在文森的電腦裡。文森看到對方果然曾進入暗網，並與一些亡命之徒有過交易。

文森滿腔怒火，心裡已把這個想著要害他戀人，並且正計畫付諸實行的堇超然判了死刑。然而憤怒的同時，文森卻也保持著理智，沒有因爲獲得這些證據而輕率報警。

這並不代表文森打算私下解決事情。以文家的力量，文森有信心，即使對方僱用再多亡命之徒也無法傷得了堇青分毫，然而他無法接受堇青處於一個生命隨時受到威脅的狀態，假使這次他解決了綁架的事情，可只要堇超然對許氏賊心不死，堇青便一直存在著危險。

然而這些證據卻又不足以讓堇超然進入牢獄，因此文森暫且按兵不動。正所謂打蛇要打七寸，他等待著一個更好的出手機會。

而他相信，以對方現在的處境，等待這個機會的時間並不會很久！

堇超然並不知道他過去見不得光的事情，已經全被文森查了出來。而他現在的一舉一動，更一直在文森的監控中。

姜顏從許氏拿走的並不是小數目，然而她掌握自己殺害前妻的證據，堇超然再不情願，也必須爲她塡上這個缺口。

可問題是，堇超然沒有這麼多錢呀！

雖說他現在代替堇青管理許氏集團，但公司的錢並不屬於他。說白了，堇超然也只是個拿薪水爲許氏工作的人而已。

即使堇超然的薪酬很高，可是大部分的錢都用來投資了，有些則用以維持現在富裕的生活，能動的資金還眞不多。

他手上能夠套現的資產，完全比不上姜顏發了狠般從許氏挖走的資金。

只要給堇超然時間，他的確有辦法塡上缺口，可問題是，事情拖下去，被人發現的風險便越高。萬一到時候被揭發了，姜顏手握他殺妻的證據，到時候說不定就只能迫於無奈為對方頂罪！

堇超然心裡用最惡毒的話語把姜顏咒罵了一遍，著急地想著到底該怎樣才能找到一大筆錢填補缺口，又或者……該怎樣把公司流失大量資金這事情合理化？

前者除非他中了彩券，不然短時間內應該沒什麼可能，然而後者……堇超然靈光一閃，想到一個絕佳辦法！

他之前曾有個計畫，打算收買幾名歹徒綁架堇青，並讓對方撕票。到時候他身為堇青的父親，同時也是這些年來許氏的管理者，在堇青死後，不就能順理成章獲得許氏了嗎？

前陣子因為堇家的事情在網上被大肆宣揚，讓很多人猜測他覬覦著許氏而故意縱容堇菲菲行凶。堇超然為了避嫌，只得暫時中止計畫。

可現在事情都過了這麼久，人們都是善忘的，也許正是實行計畫的好時機！

堇超然已經想好，到時候他就有藉口從許氏調出大量資金作為贖金。

只要綁架計畫成功，既能殺死堇青，又可以爲許氏缺失的資金做出解釋，絕對是一石二鳥的妙計！

想到便去做，許氏的資金缺口隨時會被人發現，堇超然已經等不起了。他立即聯繫之前接觸過的亡命之徒，可想不到明明早已談好的生意，對方卻突然變卦。

得知堇青現在受到文家的庇護後，歹徒們竟然退縮了！

堇超然遊說他們：「文家之所以庇護堇青，是因爲老一輩的交情。可現在文老爺子都退下來了，文森照顧堇青只是應老爺子的要求。你們幹掉堇青，說不定文森心裡還感激你們幫他將這個累贅解決掉呢！」

然而綁匪卻不買帳：「可終究風險大，無論文家在不在乎堇青，人在他們家的保護下被抓走，爲了面子一定會追究到底。要不這單子就算了，要不你多加些報酬，好方便兄弟們安排退路。」

最終堇超然說好說歹，加了大筆報酬後，才成功說服綁匪依計畫行事。

堇超然心裡怒意更甚，把這段時間的不順心全都發狠般遷怒到堇青身上。他覺得這個女兒果然是生出來向他討債的！

對於找人殺害自己親生女兒這件事，他完全沒有一點兒心理負擔。

在堇超然心中，要不是堇青這麼忤逆，他或許會看在父女情分上留她一條命。

反正只要讓綁匪把她弄成生活無法自理的殘廢，他也一樣可以繼續管理許氏。到時候許氏是堇青還是堇超然的，也沒什麼區別了。

堇超然原本想得好好的，誰知道堇青總是與他對著幹，他也就不再對她心慈手軟了。

他之所以會下這種狠手，全都是堇青逼他的！

第九章 · 綁架

董超然自認安排得天衣無縫，誰也不會想到他是主謀，卻不知道才剛聯繫那些綁匪實踐計畫，文森便收到消息了。

董超然與歹徒結束通話不久，文森更是收到了非常完整的資料。

文森看著這些資料，眼神異常幽暗。他很想現在便報警，讓警察把董超然這個連親生女兒都想殺的人渣逮捕歸案。

可惜這些資料都是以不法方式獲得，無法放在明面上當證供。因此要把董超然繩之於法，還需要一些時間與手段。

文森甚至對董超然生出了殺意，如果不是有足夠的自信能保護董青，認爲爲了這種人渣而髒了手實在不值得，他都想直接找人把對方幹掉，一了百了。

在此時，監視姜顏的團子也有了發現。

「姜顏說的話有部分是眞的，她當年眞的拍下了董超然殺妻的證據。只是那些照片她並沒有交給任何人，而是藏在她的老家。不過與董超然攤牌後，姜顏便把那些照片取了出來，交給她的母親。」團子把打探到的事情告知了董青。

看到堇青正在深思，團子建議：「青青，妳要把那些照片偷出來嗎？」

然而堇青卻搖首道：「事情已經過去這麼多年，光只是照片並不足夠，還需要人證。」

團子聞言苦惱著道：「人證……是指姜顏？可是她會願意爲妳作證嗎？」

堇青微笑道：「她不會幫我，可是當她心生怨恨時，卻會想把堇超然一起拖進地獄裡。」

「堇超然？他們不是已經達成共識了嗎？」團子完全跟不上堇青的思路，軟軟嫩嫩的語氣中充滿著困惑，堇青被它的小奶音萌得不要不要的。

堇青並沒有多解釋，一臉神祕地笑道：「你看下去就知道了。最近文森總是心事重重，會讓他這麼心緒不寧，我猜也許是堇超然要向我出手了吧？」

「青青妳還笑得出來！如果眞的是那樣，妳豈不是很危險嗎？」團子擔憂地道：「那些霸道總裁的小說都是這麼寫的，那些愛慕男主的壞女人讓人綁架女主，要拍她的裸照，然後男主單槍匹馬殺入敵陣英雄救美……多浪漫！」

堇青聽得一臉黑線，忍不住吐槽：「我不是叫你別看那些奇奇怪怪的小說了嗎……小說裡的男主既然這麼有權有勢，難道還不會好好保護女友嗎？如果反派這麼輕易便能綁架人，那個男的根本就沒有多重視他的女友吧？」

說罷，堇青賣著關子笑道：「文森才不會讓我陷入險境，反而，我正好有了讓他們狗咬狗的機會。」

文森並不知道他那位一肚子壞水的女友，早已從他那微不可見的反常中猜到了堇超然的行動。

此時他正在天人交戰，不知道該不該把此事告知堇青。

對文森來說，他既然已經把堇青納入羽翼中保護，自然不想讓她多費心。堇青只要快快樂樂、沒有任何憂愁地生活就好了。

然而堇超然是堇青的親生父親，雖然堇青已對他失望，可若要對付堇超然，堇青終究有權知道，不該一直把她蒙在鼓裡。

文森仔細想了很久，覺得爲了表示對堇青的尊重，他還是該將事情告訴她、讓她參與。而不是一直以保護者自居，私自地把她與一切危險隔絕開來。

於是文森敲響了堇青的房門，與她分享這段時間調查得來的成果：「阿堇，自從上次妳告訴我堇超然與姜顏的對話後，我一直讓人關注他們的動向。發現姜顏盜取了許氏的資金，並且似乎與堇超然有過激烈爭執。隨後姜顏離開了堇家獨自回到娘家，她那邊至今暫未有什麼新的動靜。」

頓了頓，讓堇青消化剛剛那番話以後，文森續道：「至於堇超然，他最近聯絡了一群歹徒，讓他們僞裝成綁匪……」

文森的話還未說完，堇青便驚呼：「他竟然想讓歹徒僞裝綁匪去綁架姜顏？實在太壞了！」

文森一時反應不過來：「什麼？」

堇青歪了歪頭，一臉無辜地說道：「難道不是因爲姜顏盜取了許氏的資金又離家，所以父親找人把她綁了，好把錢拿回來嗎？」

說罷，堇青拿出手機，把存放在裡面的照片顯示出來：「我有些猜到姜顏爲什麼會這麼做。那天我們去大學時，其實我看到父親與一個女人很親密……不過這事情有點丟臉，所以我沒有告訴你……」

文森聽著堇青的解釋，突然覺得她的猜測「沒問題」！

姜顏得知了堇超然在外面包養小三，一怒之下盜取許氏的資金並一走了之，許氏資產留下了一個大缺口。

此時堇超然正值爭奪堇青監護權的關鍵時期，他擔心家醜外傳，便私下聯繫了一些亡命之徒僞裝成綁匪，讓他們綁架姜顏。除了利用贖金大造文章，好塡補許氏的資金缺口，還想藉此殺死姜顏！

至於堇超然爲什麼要殺死姜顏？因爲姜顏知道他殺死前妻的事情，而且又與他離了心，堇超然無法容許姜顏這個不定時炸彈離開他身邊？

事情這麼連結起來合情合理，完全沒有問題，而且還很完美地讓堇青撇除在這些事情之外！

甚至若綁匪向姜顏下手，姜顏會不會在自身安全受到威脅之下，爆出當年堇青母親死亡的眞相？

而文森要做的，只是讓人僞裝成堇超然發訊息給歹徒，讓綁匪把要綁的人從堇青換成姜顏而已。

文森越想越覺得這事情可行，只是做個小小的推手，他有信心別人絕對查不到他身上。

即使最後無法讓堇超然露出馬腳，對文森來說也沒有什麼壞處。

讓堇超然與姜顏兩人內鬨，文森絕對樂見其成！

文森內心已閃過眾多念頭，但其實只經過很短時間，他迅速調整了臉上的神情，嚴肅地頷首道：「阿堇妳沒有說錯，堇超然要對姜顏下手了！」

堇青嘆了口氣，道：「想不到父親變得這麼狠心，我現在都不認識他了。」

文森看得心疼，默默抱住她，給予她勇氣與安慰。

卻不知道在他看不到的角度，堇青臉上卻沒有絲毫傷心，反而一臉計畫得逞的表情。

計畫通。

就讓那兩人去狗咬狗吧！

很快地，歹徒便收到董超然的訊息，讓他們把目標從董青改成姜顏。

「這些有錢人眞他媽的麻煩，我們都要出手了才突然改目標！」

「有些奇怪呀，那個董超然不是想幹掉女兒，好奪得許氏嗎？爲什麼突然放棄了？」

「有什麼好奇怪的？之前與他討價還價時，董超然不是說他沒那麼多現金，因爲他老婆拿錢跑路嗎？大概他是氣不過來，所以把目標改成老婆了吧？」

「誰管他爲什麼改變主意，總之我們拿錢辦事就好。」

「就是，反正確定了訊息的確是董超然發出的沒錯。」

「那麼兄弟們，我們工作吧！」

綁匪們一連串討論後，便確定下來綁架的目標由董青改成姜顏。

雖然董超然臨時更改了目標，可這些歹徒卻是不憂反喜。

畢竟綁架姜顏，可比綁架被文家保護的董青容易得多了。

事實也證明，要對付姜顏一點兒也不難，他們輕易便把人綁走了，並依原定計畫發出影片公開勒索董超然。

正在公司開會的董超然，看到祕書一臉慌張地敲門進來找他時，心裡一喜，知道綁架計畫成功了！

然而當他看到綁匪公開在網上的影片，看到被毒打的人不是董青而是姜顏時，董超然表情都要裂了！

爲什麼呀呀呀!!

祕書及公司高層看到董超然這副大受打擊到面容都扭曲了的神情，深表同情。

眾人互相交換了一個眼神。

聽說董超然深愛著姜顏，爲了這個小三還把原配逼死了。之前還以爲是網上八卦過於誇張，可現在看對方崩潰的模樣，似乎眞的愛死了姜顏？

祕書匯報道：「綁匪直接把影片放上網，現在事情沸沸揚揚，相信警察很快便會介入調查。」

祕書的話讓堇超然回過神來，雖然不知道爲什麼被綁架的人換成了姜顏，可是既然綁匪已經出手，堇超然現在跪著也要把戲演完。

雖然目標換了人，想要殺的堇青暫時殺不掉，但這次的綁架對堇超然來說也不是毫無用處。至少他可以以付贖金爲藉口，依計畫洗白盜走資金的事情。

但有個很重要的問題，他之前可是交代了綁匪收到贖金後撕票的。堇超然不在乎姜顏的生死，然而他不確定姜顏死掉後，他殺死前妻的事會不會眞的被捅出來。

因此堇超然完全不敢讓綁匪取姜顏性命，他必須找個機會聯絡綁匪，讓他們更改計畫才行！

事情鬧得這麼大，警察果然很快便找上了許氏。堇超然頓時打起十二萬分精神應對，裝出一副好好先生的模樣，要求交贖金換取姜顏的安危。

對於堇超然要挪用許氏資金一事，也不是沒有人有意見。畢竟許氏是堇青的資產，可不是堇超然的。要是被綁架的人是堇青，挪用許氏的資金作贖金自然理所當然。可是當被綁架的人成了姜顏，那麼就不那麼順理成章了。

只是現在綁架案已落在公眾眼裡，他們也不好做出異議，以免顯得太過無情。

堇超然以擔心姜顏爲由，堅持親自前往交贖金。甚至不許警察在交贖金時追蹤他，就怕刺激到綁匪，完全一副不願與警方合作的態度。

警方很無奈，都想敲開堇超然的腦殼看看是不是進水了。然而網上卻有不少人看得很感動，認爲堇超然是世紀好丈夫。

當然這些人很快便被啪啪地打臉，被一些知道內情的網友科普了一番堇家與許家的恩怨情仇。

雖然有些三觀不正的人，認爲堇超然與姜顏是眞愛，前妻這種阻止眞愛在一起的毒婦死掉活該，但大部分人被科普後，都收起了剛剛的感動。

畢竟這種以傷害人爲前提的愛，他們只覺得有毒！

這段時間董超然既要應付警察，又要好好管理表情與言語來扮演一個好丈夫，還得接受網民對他的品頭論足，只覺得身心俱疲。

最傷腦筋的是，爲免姜顏放出他殺害前妻的證據，他還要找機會聯絡那些綁匪，好讓他們留姜顏一命。

忙碌了大半天，董超然終於找到了機會，偷偷傳了一條訊息給綁匪。

此時姜顏的狀況一點兒也不好。

她身上都是被綁匪毒打的傷痕，額角破了一道口子，頭髮因凝固的血塊而打結；手腳被綁住，狼狽不堪地蜷縮在地上。

幾個歹徒在她身邊做著各自的事情，此時其中一名道：「老大，那人說計畫有變，讓我們收到贖金後把人放了。」

姜顏聞言立即精神一振，雙目滿是希望地往綁匪老大看去。

然而綁匪老大卻冷笑道：「他是在耍我們玩嗎？行動前突然換了目標，現在又要我們放人？我們的臉都被她看去了，現在是他說放便放的嗎？」

姜顏心裡滿是驚惶，她知道這些人是決心要撕票了！

姜顏尖叫道：「我不會說出去的！只要你們放了我，我什麼都不會說！」

那人上前拍了拍姜顏的臉，一臉嘲弄：「我們信不過你們夫婦，早知道妳丈夫這麼麻煩，改這改那的，我就不接他的生意了。」

姜顏聞言，一臉呆滯地詢問：「是堇超然指使你們的？」

一名綁匪笑道：「妳就別想說服我們放過妳了，要怪就怪妳自己不帶眼識人，認識了這麼一個想殺妻殺女的狠人。」

「殺妻殺女？他想對菲菲做什麼？」姜顏頓時急了，不過她很快便醒悟過來：「不……你們剛剛說僱主行動前突然換掉了目標，他原本要綁架的人……是堇青？對了……他曾說過已經有了對付堇青的計畫……」

幾名綁匪對望了一眼，有點訝異姜顏這麼敏銳。可姜顏在他們眼中早已是個死人了，何況堇家人之間的恩怨情仇也與他們無關，因此這幾人可沒有為堇超然隱瞞的打算。

其中一名綁匪還笑道：「原本要死的人應該是堇青才對，可誰教妳貪心，在許氏拿了這麼多錢後一走了之呢？堇超然一定是氣瘋了，才把綁架目標改成了妳。」

姜顏卻知道事情並不是這麼簡單，她立即聯想到她之所以成爲目標，很有可能是因爲她手中握有堇超然殺妻的證據：「不！堇超然之所以要殺我，是因爲我手上有他殺害前妻的證據！要是你們殺掉我，我的人便會立即公開證據！你們不能殺掉我！」

綁匪們不由得面露訝異，想不到竟然還有這種內情。

「嘿！我們才不管堇超然會怎樣呢！即使他要坐牢也不關我們的事。」其中一名綁匪說罷，便拿刀子上前要解決姜顏。

姜顏淒厲大喊：「我可以把證據給你們！讓你們拿去勒索堇超然！」

這綁匪心動了，請示地看向他們老大。

然而老大卻很理智：「證據不在她身上，我們沒時間回城裡取證據了，幹完這一票要立即撤離。」

說罷，老大做出個手起刀落的手勢：「動手吧！」

堇超然不知道綁匪那邊違背他的要求對姜顏下了殺手，他抓緊機會向綁匪發出訊息後鬆了口氣，然後便繼續提起精神在警方面前演戲。

他從許氏取出一筆款項當贖金，並在金額上做了手腳，直接把姜顏盜取的資金補上了。此時受著各方輿論壓力的許氏內部一片混亂，無人注意到堇超然做手腳。

堇超然心裡得意，在約定的日子成功交出贖金後，全身而退。就等著綁匪放回姜顏，事情便完滿解決了！

雖然無法如願解決堇青，但堇超然現在已經顧不上她了。只要能先解決綁錯姜顏的烏龍，事後再想過其他辦法對付堇青也是一樣的。

然而姜顏那邊卻一直沒有音訊，三天過後，警察在一個廢車場內找到了姜顏的屍體。

堇超然得知事情後如遭雷擊，頓時惶惶不可終日。

別人都以爲他是因爲姜顏的死而大受打擊，可堇超然卻是在擔心姜顏握有的證據在她死後被公開。

現在姜顏已死，說不準什麼時候便有人把證據交到警察手上了！

堇超然不是沒有想過逃跑，只是他捨不得這些年打拚得來的名利，最終他懷著僥倖的心態留了下來。

然而他賭輸了。

這一次，姜顏沒有騙他，姜顏把過去拍下的照片給了她母親保管。老太太得知女兒去世的消息後傷心萬分，想起女兒的叮囑，立即覺得是堇超然找人害死姜顏的，依著姜顏的交代，把那些照片交到警察手裡。

在堇超然抱著僥倖的心情猶豫不決著是否要逃跑時，警察已到了許氏將他拘捕起來。

同時，那些逃跑的綁匪，在堇超然被抓捕後不久，也在熱心市民的匿名舉報下落網。

熱心市民・文森先生，深藏功與名。

第十章・峰迴路轉

綁匪落網後，他們爲了減刑，簡直是知無不言，輕易便把堇超然是他們僱主一事捅了出來。

同時，綁匪還道出堇超然原本想殺的人是堇青，以及姜顏盜取許氏資金一事。最令警方感到驚訝的，是他們正在調查的堇超然殺前妻的案件，竟然因爲綁匪的證供而有了進展。

從綁匪口供中，他們得知姜顏曾提及她擁有堇超然殺害前妻的證據，而姜顏正是因爲這點，被堇超然買凶殺害。

綁匪的這份證供，與姜顏母親提供的照片對上了號。警方再深入調查，更把堇超然爲了掩飾許氏資金缺口而做的手腳揭發出來。

之前堇超然炒情深人設的事情還歷歷在目，結果事情峰迴路轉，堇超然事後被捕，而且其中一項罪名，還是他是綁架與殺害姜顏的主謀，頓時讓他再次成爲了城中的焦點。

那些覺得堇超然雖然寵妾滅妻，但至少對姜顏是眞愛的人，都覺得很打臉，同時又有著被欺騙的憤怒。

尤其是堇超然除了買凶殺死姜顏外，更被揭發出前一任妻子也是被他殺死的。前後兩任妻子都死在他手中，一時之間，堇超然三字成了喪心病狂的代名詞。相較之下，他在許氏做假帳都變成小事了。

這個世界沒有死刑，人們都高呼一定要判堇超然終身監禁，以免將來他出來再禍害別的女人。

由於罪行太過惡劣，最終法庭依人民的期望，判了堇超然終身監禁，且立即執行。

至於堇超然與姜顏的資產，其中大部分都用來填補許氏被盜取的資金。堇青對此感到很滿意，覺得這個世界的法律滿公道的。

還有一點值得一提，文森從堇青那裡得知堇超然出軌時，調查後發現，姜顏給了王嘉欣一筆錢。而這筆錢的來源，卻是來自於許氏。

對文森來說，許氏的錢便是戀人的錢，深感堇青吃虧的文森，讓人去找王嘉欣把錢拿回來。

王嘉欣倒也知情識趣，也許因爲堇超然的事情實在鬧得太大，她對此早有了心理準備。文家的人找到她時，她聽到來意後二話不說便把錢給還了。

堇青對此則不意外，王嘉欣是個聰明人，聰明人總知道什麼人是她惹不起的。堇家三口中，堇超然坐牢，姜顏已死，堇菲菲在國外戒毒，已經沒有人能威脅到堇青的安全。

堇青安安穩穩地度過了她的十八歲生日，並且順利繼承親生母親留給她的許氏集團。

然而堇青卻與她母親一樣，志不在此，她這一世決定要當救死扶傷的醫生，因此對於管理偌大的許氏完全提不起興趣。

最終許氏被堇青丟給了文森管理。

對於許氏的高層來說，無論他們替誰工作，只要公司能夠準時發薪便好。因此得知文森成爲了許氏的決策者時，雖然他們心裡都在嘀咕著堇青會不會走她母親的老路，最後連公司都被人吞掉，可是對他們來說，實在是件值得高興的事情。至少相較於讓堇青這個什麼都不懂的外行人向他們指手畫腳，這些人寧可接受文森的管理。

只是他們私底下都在同情著堇青，覺得她這麼輕易便把家族生意託付給外人打理，只怕將來的下場比她母親好不到哪裡去。

雖然現在文森與她感情甚篤，可未來的事情誰知道呢？將來這兩口子鬧分手時，只怕有得熱鬧了。

被眾人同情的堇青，心裡卻對許氏沒有一點兒留戀，她對每天坐在辦公室工作的生活沒有興趣，樂得有戀人爲她分憂。

此時堇青也已完全融入了大學的生活，她的天賦與才學很快獲得了一名教授的賞識。在這名教授破格授權下，堇青開始了自己的研究，每天都快樂地忙碌著。

原主的前任，文君華，畢業後與她就讀同一間大學。之前堇青與文森曾在大學遇上他，便是對方正好在入學前先來看看學校環境。

文君華再次在大學遇上堇青時，還覺得他倆實在有緣，打算利用同校之便，重新追求堇青，可惜堇青卻堅決地拒絕了他。

而且當堇青擁有自己的研究後，每到學校便經常待在實驗室裡，文君華根本難以遇到人，更別說什麼近水樓台先得月了。

何況文森的牆腳是這麼容易撬的嗎？文森倒也沒有對付文君華，只是跟對方的父親閒聊時，說到文君華經常去打擾他的女友，文君華便被自家老爹狠狠教訓了一頓。

文君華只得偃旗息鼓，不過讓他放棄的主要原因，並不是因爲文森給他的壓力，而是堇青多次堅決的拒絕，讓他深切知道自己沒有可能了。

他眞的失去了這個曾經這麼深愛自己的女孩。

某天文君華在收拾房間時，找到一條手工編織的圍巾。

他恍然想起在很久以前，當時是堇青與他交往之後他的生日，堇青對此非常重視，約好那天放學後要好好為他慶祝一番。

結果那天文君華卻失約了。

原因文君華已不記得，大概是堇菲菲說心情不好之類需要文君華的陪伴，於是覺得她很可憐的文君華便爽約，跑去開解堇菲菲這個可憐、總是因為自己私生女身分而自卑的女孩……

文君華記得，當他趕回與同學合租的公寓時，堇青已經離開。家裡被悉心布置過，冰箱裡還有一個堇青親手做的生日蛋糕，餐桌上放著她送的禮物與生日卡，這條圍巾便是堇青當時送給他的禮物。

他的同居友人說，那天堇青是紅著眼睛離開的。

這種事情不只發生一次，文君華實在不明白當時自己到底怎麼想的。

他為什麼會認為別人的事情比堇青更加重要？

為什麼他會覺得自己與堇青還有很多時間可以在一起，因此爽約也沒關係？

想到那些精心安排的驚喜與布置，再想到每次堇青被他爽約後愈發變得勉強的笑容，文君華便感到心疼又悔恨。

這麼好、對他這麼一心一意的戀人，卻因爲他的毫不珍惜而失去了……

堇青在這個小世界獲得非常卓越的成就，她年紀輕輕便完成了一項改變世界的研究——攻剋了癌症！

堇青研究出一種專門消滅癌細胞，卻不會對身體造成負擔的特效藥。從此，癌症病人不用再接受化療，及早發現患病的話，甚至不用接受任何切除手術。

這項研究讓堇青在醫學界揚名立萬，還沒畢業便已獲得許多世界級的獎項。

堇青沒有爲藥物申請專利，利用它謀取暴利，而是選擇公開配方，讓患者能用極低廉的價格買到這種救命藥物。

於是，除了醫學獎，堇青再一次拿和平獎拿到手軟。

堇青與文森的感情穩定成長中，兩人在一起時總是如膠似漆。在堇青二十歲那年，文森向她求婚了。

文森處理許氏集團的事務盡心盡力，甚至比處理自家公司業務還要著緊。很快地，許氏便成為了頂尖企業，每年堇青什麼也不用做，便能收穫大筆金錢。錢多到一種地步，其實也就只是數字而已。堇青一直致力研究各種疾病的特效藥，而這些錢財全都用來支撐她的研究。偏偏堇青每次的研究成果都選擇公開，完全沒有以此謀利。

也幸好她有著這麼一個善於經商的丈夫在背後支持她，不然雖然每年政府都會撥出大筆款項贊助她的研究，但只怕她也無法如現在這般過得隨心所欲了。

即使堇青對社會有著重大貢獻，可總有些人見不得別人好。也許是堇青阻礙了他們的利益，又或者只是出於單純的嫉妒，許多人暗地猜想著，堇青到底會不會步上她母親的後塵，終有一天被文森毫不留情地拋棄，就連家族產業也被對方併吞。

然而這些人註定要失望了，即使兩人一直沒有孩子，可卻完全沒有影響他們之間的感情。到了他們變得白髮蒼蒼，感情依然一如往昔。

曾有記者詢問過文森，他對堇青的感情，又提及到眾人對他的諸多陰謀論。

文森的回答是：他絕不會步堇超然的後塵。因為他實在不明白堇超然為什麼會為了區區的許氏，便能夠狠心殺死自己的妻子。只要想到會失去堇青，他便感到靈魂被撕裂般的痛苦。堇青是他寧可失去現在的所有財富，也想要保護的珍寶。

文森這段訪問一出，有人覺得很浪漫，也有不少人對他的發言嗤之以鼻。漂亮的話誰不會說？他們都覺得文森話說得好聽，誰知道他心裡是怎麼想的。

然而，文森卻用他的一生來呵護他的妻子，也讓那些人看到了，什麼是至死不渝的愛情。

這一世，堇青依然決定待至戀人離開，才脫離小世界回到鏡靈空間。

在文森生命的最後時間，他握住堇青的手，看著那雙他時不時便會看見的美麗紫眸，腦海裡出現了許多不屬於他的記憶。

不……應該說，這是不屬於這一世的他的記憶。

文森突然明白過來了，原來……這已經不是他們相愛的第一世。

而他也終於知道了，自己到底是誰。

文森的思緒，以及對於自身的了解，從未如此清晰，只可惜這具身體的時間不多了。

緊了緊握著的菫青的手，文森道：「阿菫，別怕……我們下輩子再見……」說罷，在菫青訝異的注視中，文森安詳地閉上了雙目。

在文森死去的同一時間，菫青感覺到靈魂受到一股神祕力量的拉扯。她的靈魂不受控制地脫離了現有的軀殼。在離開這個小世界時，菫青聽到團子氣急敗壞的驚呼聲：「青青！那個壞人！他就是那個壞人……」

誰？

什麼壞人？

菫青滿腦子問號，可惜下一秒她與團子失去了聯繫。只感到靈魂離開這個小世界後，迅速投入到一片光亮之中。

然後，她便醒過來了。

當堇青再次張開雙眼時，她整個人是懵的。

每一次靈魂脫離小世界後，她都會回到鏡靈空間，這是出於團子對她的保護。在鏡靈空間裡，她這個沒有重入輪迴的靈魂能夠躲過天道的探測，在獲得足夠力量以前，也不至於消散。

可現在堇青卻發現，她明明脫離了上一個小世界，卻沒有回到鏡靈空間。

她甚至不是處於靈魂狀態！

堇青現在身處在一片綠油油的森林中，四周杳無人煙。她身上穿著古裝，然而衣服的質料卻很特別，穿在身上非常舒適，這種布料絕不是古代技術能夠編織出來的。

堇青無法得知自己長成什麼模樣，可是看著這具身體十指纖纖、胸大腰細大長腿，還有這光滑如絲的長髮……堇青總覺得她現在的顏值絕對低不到哪裡去。

「團子，現在是什麼狀況？」

然而堇青等了好一會，還是等不到團子的回答。

堇青忍不住急了，她離開小世界後沒有回到鏡靈空間已很不尋常，現在還聯繫不到團子，這讓堇青不得不懷疑團子那邊是不是出了什麼意外。

尤其她還想起，在她的靈魂被一股不明力量莫名其妙拉扯離開時，團子正在叫嚷著什麼「壞人」的。

難道團子遇到歹徒了嗎？可是它一直待在自身開闢出來的特殊空間，到底有什麼人可以對付它？

一時聯絡不到團子，堇青只得先接收這具身體的記憶。

然而很不幸，她什麼也想不起來！

現在堇青一臉懵逼的，臉上完全寫著：我是誰？我在哪？我在幹嘛？

可憐她四周就是一片草，連找人詢問都沒辦法！

就在堇青對現在狀況感到絕望之際，她的腦海裡突然出現了團子軟軟的嗓音！

「青青……青青……妳聽得到嗎？」

「團子？」堇青現在就像個被世界遺棄、不知何去何從的可憐孤兒，突然發現原來還有一個血脈相連的親人般那麼驚喜：「你沒事就好了！我這邊的狀況很奇怪，莫名其妙便穿越到其他小世界，而且我無法獲得原主的記憶。」

團子的聲音再次在堇青腦海中響起，只是有別於以往對方就像在她身邊談話般的感覺，此時團子的小奶音帶著奇怪的空洞感，而且說話的反應也略微遲緩。

就像原本收訊很好的網路，突然接收不良而延滯一般。

「青青……妳現在身處的世界是一個高階次元，與先前妳經歷的那些出自小說或電視劇的小世界不同……我無法對這個世界做出干涉，一切只能靠妳自己……青青妳要小心，要是在這個世界遇上性命危險，我也無法讓妳及時脫離，妳隨時有魂飛魄散的可能。」

短短的一段話，團子卻似乎用盡了力量。即使堇青看不到它現在的狀況，也能聽出它說話時帶著明顯的疲憊。

「把妳的魂魄強行攝入這個世界的人，很有可能就是魂魄與眾不同、妳一直在找的那個人……青青，妳要小心他……他是那個傷我的……」

聽到團子這番話，堇青頓時不淡定了：「什麼意思？團子？」

可惜接下來團子就像耗盡了電量的手機般，無論堇青再怎樣詢問也沒有反應。

堇青心裡有種預感，也許短時間內，無法再與團子取得聯繫了。

「接下來，我只能靠自己了嗎？」堇青喃喃自語道。

雖然關於戀人的事情讓堇青的心裡蒙上了一片陰影，然而她並不是那種庸人自擾的性格。她認爲無論如何得先找到戀人再說，至於對方到底是不是對她與團子懷有惡意，堇青相信到時候自己自有判斷。

失去了團子的支援，並未讓堇青感到退縮，反而還生出了無限戰意，讓她對這個世界的生活躍躍欲試且期待了起來。

沒有原主的記憶，就像進行一段新的人生般得重新摸索，感覺這樣也不錯呢！

不過……堇青看著滿目翠綠的景色……

她現在到底在哪？

《炮灰要向上06》完

後記

大家好！很高興與大家在第六集見面！

大家還記得第五集的作者頭像，是剛剛出生的蠶寶寶嗎？當時還是黑色、滿身毛的牠們，在我寫作第六集的期間，已經從非酋成長為歐皇，變成白白胖胖的蠶寶寶了！

現在，有些蠶寶寶已經開始結繭啦！（撒花～）

從小小的蠶卵開始孵化飼養，看著牠們漸漸長大，真的很有成就感。希望已結繭的蠶寶寶，能夠安穩變成毛茸茸的可愛蠶蛾吧！

接下來會談及這一集的內容，不想劇透的各位請先看內文喔！

這一集有部分內容涉及校園霸凌，雖然現實中的反抗未必能夠有小說主角那麼順利，可我還是想告訴大家，受到霸凌時不要啞忍。

不要期望霸凌者的仁慈，也不要因爲絕望而傷害自己。要是無法反抗，那便尋求外界的協助吧！

別怕丟臉，向別人求助從來不丟臉。何況把事情公開的話，丟臉的人應該是那些加害者才對。

《炮灰》這本小說簽約時沒有存稿，小說我是邊寫邊出的。可以說我是跟青青一起，剛經歷了一個小世界，便立即投入到一個新的世界中。

堇青每次穿越時的身分、外貌與性格也有所不同。這是我第一次寫快穿文，也許因爲沒有經驗的關係，有時候主角性格轉變太大，我便會有種設定還轉不過來的感覺。

比如在《炮灰05》中，堇青是個充滿傲氣、御姊氣勢滿滿的大小姐，然而這一集，堇青卻變成了軟萌的女高中生。

由於第六集緊接著在第五集完成後立即寫作，因此寫第六集的軟妹子堇青時，頭幾章我總是轉換不過來。

對於我來說，這大概便是寫魂穿的快穿文，其中一個困難的地方吧！

預告一下第七集，會是揭曉祕密的一集。

敬請各位期待！

香草

炮灰
要向上

炮灰要向上

【下集預告】

原主記憶：沒有！
團子神視角：沒有！！

堇青莫名其妙直接穿越到了修眞世界，
只能孤軍奮戰的她，這次的身分是妖修之王！
而這個大妖王，還……包養了一個男人？

上一個世界，團子明顯發覺異狀，
堇青戀人的眞實身分似乎並不單純。
當毛茸茸的鏡靈搭檔與相知相惜的多世戀人彼此敵對，
即使是樂於挑戰的影后堇青也表示絕望呀……

vol.7〈穿越變成妖修之王〉 2019年秋季，敬請期待！

國家圖書館出版品預行編目資料

炮灰要向上 / 香草 著.
——初版. ——台北市：魔豆文化出版：蓋亞文化發行，2019.08
冊； 公分. （Fresh；FS171）
ISBN 978-986-97524-3-5（第六冊：平裝）
857.7 108010320

炮灰要向上 vol.6

作　　者　香草
插　　畫　天藍
封面設計　克里斯
主　　編　黃致雲
總 編 輯　沈育如
發 行 人　陳常智
出 版 社　魔豆文化有限公司
發　　行　蓋亞文化有限公司
地址：台北市103承德路二段75巷35號1樓
電話：02-2558-5438　傳真：02-2558-5439
電子信箱：gaea@gaeabooks.com.tw
投稿信箱：editor@gaeabooks.com.tw
郵撥帳號 19769541　戶名：蓋亞文化有限公司
法律顧問　宇達經貿法律事務所
總 經 銷　聯合發行股份有限公司
地址：新北市新店區寶橋路二三五巷六弄六號二樓
電話：02-2917-8022　傳真：02-2915-6275
港澳地區　一代匯集
地址：九龍旺角塘尾道64號龍駒企業大廈10樓B&D室
電話：+852-2783-8102　傳真：+852-2396-0050
初版二刷　2020年1月
定　　價　新台幣 199 元
Published and printed in Taiwan

ISBN 978-986-97524-3-5

FS171

炮灰要向上 vol.6

魔豆文化　讀者迴響

感謝您在茫茫書海中選擇了魔豆，您的支持是我們最大的動力。
不要缺席喔，讓我們一起乘著夢想的羽翼，穿越時空遨遊天地！

姓名： 性別：□男□女 出生日期： 年 月 日
聯絡電話： 手機：
學歷：□小學□國中□高中□大學□研究所 職業：
E-mail： （請正確填寫）
通訊地址：□□□
本書購自： 縣市 書店
何處得知本書消息：□逛書店□親友推薦□DM廣告□網路□雜誌報導
是否購買過魔豆其他書籍：□是，書名： □否，首次購買
購買本書的動機是：□封面很吸引人□書名取得很讚□喜歡作者□價格便宜 □其他
是否參加過魔豆所舉辦的活動： □有，參加過 場 □無，因爲
喜歡出版社製作什麼樣的贈品： □書卡□文具用品□衣服□作者簽名□海報□無所謂□其他：
您對本書的意見： ◎內容／□滿意□尚可□待改進 ◎編輯／□滿意□尚可□待改進 ◎封面設計／□滿意□尚可□待改進 ◎定價／□滿意□尚可□待改進
推薦好友，讓他們一起分享出版訊息，享有購書優惠 1.姓名： e-mail： 2.姓名： e-mail：
其他建議：

廣告回信 郵資免付
台北郵局登記證
台北廣字第00675號

TO：魔豆文化有限公司　收

103 台北市承德路二段75巷35號1樓

魔豆

魔豆

魔豆

魔豆